Franz Kafka
Das erzählerische Werk

100 YEARS

# 中国长城建造时

卡夫卡小说全集（纪念版）

［奥］弗兰茨·卡夫卡 著　任卫东 等译

人民文学出版社

# INHALT
# 目次

乡村婚礼筹备 001

一场斗争的描述 051

乡村教师 189

布鲁姆费尔德,一个上了年纪的单身汉 217

〔桥〕263

〔猎人格拉胡斯〕267

中国长城建造时 275

〔敲门〕301

〔邻居〕305

注：本书内容皆为卡夫卡生前未发表的作品。篇目中加六角括号者，原本没有标题，标题为后人所加。

**Franz Kafka**
Das erzählerische Werk

Beim Bau der Chinesischen Mauer

乡村婚礼筹备

（一稿）

当爱德华·拉班穿过走廊，跨进门洞时，发现下雨了。雨下得不大。

他眼前的人行道上人来人往，迈着各种各样的步伐。有时会走出一个人来，横穿马路。一个小女孩，双手平伸，捧着一只疲惫的小狗。有两位先生正互相告诉对方什么事情，其中一个双手掌心向上，平稳地摆动着，好像托着什么东西。还可以看到一位女士，她的帽子上缀满了饰带、别针和花朵。一位拄着细手杖的年轻人匆匆走过，他的左手像是瘫了似的平放在胸前。偶尔有抽着烟的男人走过，细长的烟雾在他们面前袅袅上升。三位先生 —— 其中两位把薄外套搭在弯曲的小臂上 —— 不时从房屋的墙边走到人行道边，看看那里发生的情况，然后又说着话退回原处。

透过来往行人的空隙，可以看见马路上铺得整整齐齐的石子。马匹伸长脖子拉着车，车轮精致而高大。车里靠在软座上的人，默默地看着行人、店铺、阳台和天空。当一辆马车要超过另一辆时，马匹们就挤在一起，缰绳晃来晃去。牲口们拉着车辕，车子摇晃着滚滚向前，直到完全超过前面的车，马才重新分开，只有瘦长、安静的马头还凑在一起。

有几个人快步向房门走去，在干燥的马赛克地板上停下来，慢慢转过身，然后注视着被挤进这条窄巷的雨点纷乱地落下。

拉班感到疲倦。他的嘴唇苍白，就像他那绘有摩尔人图案的厚领带上已消退了的红色。马路对面门前的女士正看着他。她漫不经心，而且，她可能只是在看他面前的雨，或者是他头顶上门边钉着的那一小块公司招牌。拉班认为，她正吃惊地看着。"那么，"他想，如果我要是能告诉她，她就根本不会觉得奇怪了。某人工作过度，累得甚至不能好好享受自己的假期。而且，即便做了所有的工作，他还是不能要求所有的人都善待他，相反，他对所有人来说都是完全陌生的。而且，只要你不说"我"而说"某人"，那就不算什么，别人可以说这个故事是虚构的，而一旦你承认讲的就是你自己，别人就会盯着你看，把你看得发毛，感到惊恐。

他把缝有格子布面的手提箱放到地上，同时弯了弯膝盖。雨水已经在马路旁汇成一股水流，几乎是奔涌着流进低处的下水道里。

可是，如果我自己把"某人"和"我"区分开，那我还怎么埋怨别人呢。他们也许不是不公正，可是我太累了，没法去弄明白一切。我甚至累得无法轻松走完到火车站的这一小段路。我为什么不在这个短短的假期待在城里，好好休息一下呢。我太不理智了。——我明明知道这趟旅行会把我弄病的。我将要住的房间不会太舒适，乡下也没有别的可能性。现在刚是六月上旬，乡下的空气通常还很凉。虽然我会注意多穿衣服，可是我不得不跟别人一起晚上去散步。那里有许多池塘，他们将沿着池塘散步。那我肯定会着凉的。但在聊天时，我却不大能插上话。我没法把那个池塘与一个遥远地方的其他池塘相比较，因为我从未旅行过，至于谈论月亮，感受幸福和兴致勃勃地去登瓦砾堆，我又年纪太大了，不愿意干，免得招人笑话。

人们微微低着头走过，头顶上撑着深色的伞，摇摇晃晃。一辆运货车驶过，在铺了干草的车夫座上，一个男人漫不经心地伸着两条腿，一只脚几乎拖到地上，另一只脚则好好地放在干草和破布片上。他那神情像是在晴朗的天气里坐在田野上。不过他还是全神贯注地拉着缰绳，所以这辆载着铁棍的马车能自如地穿过拥挤的街道。在湿漉漉的地上，可以看到铁棍的倒影，弯弯曲曲，慢慢地从一排排铺路石上掠过。马路对面那位女士身边的小男孩穿戴得像个种葡萄的老农。他那皱巴巴的外衣下摆围成一个大圆形,只在腋下系着一根皮带。他的半圆形帽子一直压到眉毛上,帽尖上的一个流苏一直垂到左耳边。下雨使他很高兴。他从门里跑出来,睁大眼睛望着天空,好接住更多的雨点。他不停地蹦起来,溅起许多水,过往行人都生气地指责他。于是,那位女士叫住他,此后便拉着他的手;他倒并没有哭。

拉班猛地一惊。是不是已经晚了?他的大衣和上装都敞开着,所以他赶紧去掏表。表停了。他懊恼地向一个站在过道稍靠里一些的人问时间。那人正跟别人谈笑,就带着谈话的微笑回答道:"四点刚过。"就又转过头去了。

拉班赶紧撑开伞,提起箱子。他刚要跨到马路上去,却被几个急匆匆走过的女人挡住了去路,他让她们先过去。同时,他低头看见一个小姑娘的帽子,是用染红的麦秸编的,波浪形的帽檐上有一个绿色的小花环。

他走到马路上时,刚才的景象还留在他的记忆里。通往他要去的那个方向的路有点上坡,他得费点儿劲,于是,他很快把刚才的事忘了;那个小箱子对他来说并不轻,而且风迎面吹来,掀起他的外衣,从前面顶着雨伞的伞骨。

他不得不大口喘着气;附近一个广场的钟敲响了四点一刻,声音低沉;他从伞下可以看到迎面走来的路人的步伐轻快而细碎,拉了闸的车轮吱吱响着,慢慢滚动,马匹伸着它们细瘦的前腿,像山间冒险的羚羊。

这时,拉班觉得,他将能熬过未来十四天漫长而可怕的时间。因为只有十四天,一段有限的时间,就算是恼人的事越来越多,但时间却会不断减少,而在这段时间里必须忍受。因此,勇气无疑会与日俱增。所有想折磨我,并且现在已经占据了我周围所有空间的人,会由于对我有利的时光的流逝而被挤走,我无需帮他们一丁点儿忙。于是，自然而然的结果是，我可以软弱，默不作声，任人摆布，但是，仅仅因为这些日子会过去，所以，一切必定会好起来。

再说，我不能像童年时遇到危险时那样做了。我根本用不着亲自去乡下，没有必要。我只需把我穿了衣服的躯体打发去就行了。如果这躯体摇摇晃晃地走出我的房门，那么这摇晃并非表示胆怯，而是表示这躯体的虚空。若是这躯体跌跌绊绊地走下楼梯，抽泣着乘车去乡下，哭着在那里吃晚餐，这也并非表明他心情激动。因为我，此刻正躺在自己的床上，平平地盖着棕黄色被子，任凭从微微开启的窗户透进来的风吹拂。

我觉得，我躺在床上的形态像一只大甲虫，一只麋螂或一只金龟子。

他在一个橱窗前停了下来，湿漉漉的玻璃后面陈列着挂在小棍上的男用小帽，他嘬着嘴唇往里看。我的帽子度假够用了,他想着又继续向前走,如果有人因为我的帽子而无法忍受我,那就更好了。

一只甲虫的巨大体形,对。然后,我就做出甲虫冬眠的样子,我把我的小细腿紧贴在鼓起的肚子上。我低声说出几句话,这是对我那悲伤的躯体的吩咐,它弯着腰站在我身边。我很快就吩咐完了,它鞠了一躬,匆匆离去,在我休息期间,它将会把一切妥善处理好。

他走到一个敞开着的圆拱形大门前,大门位于一条通向一个小广场的陡峭小巷的高处,广场四周有许多商店,都已点上了灯。由于四周有灯光而显得有些昏暗的广场中央,竖立一座纪念碑,是一个若有所思的男人的坐像。行人像是在灯光前移动的细长挡光板,由于地上的水洼把所有的亮光都扩展得又远又深,使广场的景象不停地变化着。

拉班走进广场深处,急促地躲过飞奔而过

的马车，从一块干石板跳到另一块干石板，将撑开的伞高高举起，以便看清周围的一切。一直走到一根路灯柱旁，他才停下来，灯柱立在一块四方形小石礅上，它同时是个公车站。

有人正在乡下等着我呢。他们会不会已经担心了？但是，自从她到乡下以来，我已经整整一个星期没有给她写信了，只是今天早晨写了一封。这样，人们最终会把我的外貌想象成另外的样子。他们也许会以为，我跟谁打招呼，就会向谁冲过去，但这不是我的习惯，或者，他们以为，我一到那里就会跟他们拥抱，可我也不愿这样做。如果我试图劝慰她，就会惹她生气。要是我在劝慰她时真能惹得她大怒就好了。

这时，一辆敞篷马车缓缓驶过，两盏点燃的车灯后面，两位女士坐在深色皮面的小长凳上。其中一个往后靠着，脸被面纱和帽子的阴影遮住了。而另一位女士则挺直上身；她的帽子不大，边上嵌着细细的羽毛。每个人都能看见她，她微抿着下嘴唇。

正当这辆马车驶过拉班身边时，一根什么柱子挡住了右边那匹马的视线，然后，一个什么车夫——他头戴一顶大礼帽——坐在极高的车夫座上，被推到女士们面前。这时，车子已经驶远了，随后，他们的车子自己绕过一所现在变得很显眼的小房子拐角，从视线中消失了。

拉班的目光尾随着那辆车，他歪着头，伞柄靠在肩上，以便看得更清楚。他把右手的拇指伸进嘴里，蹭着牙齿。他的箱子侧立在他身边。

马车们从小巷里出来，驶过广场，又进入别的小巷，马匹的躯干像是被甩出去似的，沿水平方向飞奔，但头颈的上下起伏表明它们动作的激烈和费力。

在三条马路汇合处的人行道上，四处站着许多无所事事的人，用小手杖敲击着石子路面。在这些一堆一堆的人中间，是一些尖顶小亭子，姑娘们在里面卖着汽水，然后是挂在细柱子上的笨重街钟,还有前胸和后背挂着大牌子的男人们,牌子上用五颜六色的字母写着许多娱乐广告,此外还有仆役们,坐在淡黄色的椅子上,手里拿着一张晚 ——

〔此处缺一页〕

一小堆人。两辆横穿广场、驶入下坡小巷的华丽马车,使这伙人中的几位先生后退了几步,但第二辆马车刚过 —— 其实,第一辆马车过后,他们就曾小心翼翼地尝试过 —— 这几位先生就又和其他人聚成一堆了,然后,他们排成一长排,走上人行道,拥进一家咖啡馆的大门,大门上方的灯光匆匆洒落在他们身上。

近处,巨大的有轨电车车厢驶过,另外几辆静静地停在远处的街上,模糊不清。

"她的背驼得多厉害呀,"拉班这时看着照片想,"她从来没有挺直过,也许她的背是圆的。我以后必须好好注意一下。她的嘴那么宽,下嘴唇无疑是突出来的,没错,我现在想起来了。

还有那身衣服。当然,我对衣服一窍不通,但是,那两只勉强缝起来的袖子肯定是很难看的,看上去像条绷带。那顶帽子的边缘从脸部向上翘起,每个地方的弧度都不一样。但她的眼睛非常漂亮,是棕色的,如果我没搞错的话。所有的人都说她的眼睛漂亮。"

这时,一辆电车停在拉班面前,他周围的许多人都拥上了车厢的台阶,被紧紧挤在肩膀边的手中举着微微张开的带尖的雨伞。拉班胳膊底下夹着箱子,被挤下人行道,重重地踩进一个看不见的水坑里。电车里,一个小孩跪在凳子上,双手的指尖贴在嘴唇上,仿佛在同一个正离去的人告别。几个乘客下车后,不得不沿着车厢走几步,才能挤出人群。一位女士踏上了第一级台阶,她双手提着裙子下摆,刚刚超过脚面。一位先生抓着车厢里一根黄铜扶杆,仰头向那位女士说了几句什么。所有要上车的人都很不耐烦。售票员在大声嚷嚷。

拉班这时站在等车人群的边缘,他转过身去,因为有人喊他的名字。

"啊,雷蒙特。"他慢慢说道,向一个走过来的年轻男人伸出拿伞那只手的小拇指。

"这就是正要去见未婚妻的新郎啊。他看上去真是在热恋。"雷蒙特说,然后闭嘴一笑。

"是的,请你原谅,我今天就得走了,"拉班说,"我今天下午给你写了封信。我当然非常愿意明天跟你一起走,可明天是星期六,车都很挤,而且,旅途又长。"

"没关系。尽管你答应过我;但人家要是正在热恋 —— 那我就得一个人走了。"雷蒙特一只脚站在人行道上,另一只脚站在石子路上,上身的重心一会儿在这条腿上,一会儿移到另一条腿上。——"你现在是想上电车吧;刚开走一辆。来,我们走着吧,我陪你。时间还够。"

"不是已经晚了吗,请告诉我。"

"你有点儿担心,这不奇怪,但你确实还有

时间。我就是因为不着急，所以耽误了跟吉勒曼见面。"

"吉勒曼？他不是也要住到城外去吗？"

"是的，他和他夫人，下星期他们想出去一趟，所以我才答应吉勒曼，等他今天从办公室出来后跟他见面。他想就他们住宅布置的事吩咐我几句，所以要我见他。可我不知怎么来晚了，我去买东西来着。我正考虑要不要去他们的住宅一趟，就看见你了，一开始我对你提着箱子感到奇怪，于是叫住了你。可是现在已经太晚了，不宜去拜访人家了，我再到吉勒曼那儿去是不太可能了。"

"当然，不过，这么说，他们将是我在城外的熟人了。可是，我还从没见过吉勒曼夫人呢。"

"她非常漂亮。头发是金黄色的，生了一场病之后，现在脸色苍白。她有一双我所见过的最美丽的眼睛。"

"不过请问，美丽的眼睛是什么样的？眼

睛本身是不可能美丽的,不是吗? 是目光美丽吗? 我从不认为眼睛会美丽。"

"好吧,我可能有些夸张了。不过她真是个漂亮的女人。"

透过一家位于一层的咖啡馆的玻璃窗,可以看见紧靠窗户的一张三角形桌子边,围坐着几位正阅读和吃东西的先生;其中一个把报纸放在桌子上,手里举着一个小杯子,正睁大了眼睛用眼角朝小巷里看。靠窗的这几张桌子后面,整个大厅里每件家具和每件用具都被客人占满了,他们围坐成一个一个小圈。他们还弓着身子坐在大厅深处——

〔此处缺一页〕

碰巧这不是一家不舒服的店,是吧。我觉得许多人会愿意承受这个负担。"

他们走到一个相当昏暗的广场上,这个广场在他们刚才所在的马路一侧就延伸开了,因为马路另一侧的地势还在继续升高。他们沿着广场一侧接着往前走,这一侧,是一排一幢紧挨一幢的房子,这排房子的拐角处,有两排房屋向远处延伸,开始时相互隔得很远,后来似乎在无尽头的远方合为一体。这些房屋大多很小,它们前面的人行道也很窄,这里看不到店铺,也没有车辆驶过。距离他们走出来的那条小巷尽头处不远的树叶下,立着一个带有玻璃女像柱子装饰的铁架子,上面有几盏灯,灯固定在两个上下水平挂着的套环里。在宽阔的塔楼形黑暗中,梯形的火苗在玻璃嵌成的罩子中燃烧,就像在小房子里,几步之外的地方依然黑暗。

"可是现在肯定已经太晚了,你瞒着我,让我误了火车。为什么?"

〔此处缺两页〕

是的,至多是皮尔克斯霍甫,这个人。"

"我想,这个名字在贝蒂的信里出现过,他是个铁路实习工,对吗?"

"是的，铁路实习工，是个令人讨厌的家伙。你要是看见他那肉乎乎的小鼻子，就会知道我说的没错。我告诉你，要是跟这个人一起走过单调的原野的话。不过，他已经调走了，我想，而且我希望，他下个星期就离开那儿。"

"等等，你刚才说，你建议我今天夜里还留在这儿。我考虑过了，这恐怕不太好。因为我写信说过我今天晚上到，他们会等我的。"

"这很简单，你打个电报。"

"是的，这也行 —— 可是，我不走还是不太好 —— 而且我也累了，我还是走吧 —— 要是他们接到电报，还会吓一跳 —— 何必呢，再说我们去哪儿呢？"

"那你还真是走比较好 —— 我刚才只不过那么想想 —— 而且，今天我也不能跟你在一起，因为我困了，没精神，刚才我忘了告诉你。我这就跟你告别吧，我不想再陪你穿过这个潮湿的公园了，因为我还是想去吉勒曼家看看。现在是差一刻六点，还可以到老熟人家串个门。那么，再见，祝你旅途愉快，替我问大家好。"

雷蒙特向右转身，同时伸出右手告别，这么一来，有一刹那，他朝着与他伸出的胳膊相反的方向走。

"再见。"拉班说。

雷蒙特从不远处喊道："嗨，爱德华，听得到我吗，把你的伞收起来，雨早就停了。我刚才没来得及告诉你。"

拉班没有回答，把伞收了起来，苍白而昏暗的天空阴沉沉地笼罩在他的头顶。

要是我至少上错了火车也好，拉班想。那样，我就会觉得旅途似乎已经开始了，如果我以后弄清楚误会后又回到这个站，心里就会觉得舒服多了。要是那个地方真像雷蒙特说的那么没意思，那也绝不是什么坏事。这样，人们肯定将更多地待在屋子里，就根本不会确切地知道其他人在哪儿，因为，如果附近有一个废墟,大家肯定会一起去那儿散步,而且去之前一段时间就肯定约好了。那么,大家就不得不为这个活动感到高兴,所以也不许不去。但是,如果没有这种名胜古迹,也不会有事先的商议,因为大家知道,让所有人聚集起来是很容易的,要是有人突然一反惯例,觉得一次长途远足不错,那他只需派侍女去别人家,这些人正在家写信或读书,听到这个消息会欣喜万分。拒绝这样的邀请并不困难。但我不知道我能不能做到,因为这并不像我想象的那么容易,我现在还是一个人,做什么都行,如果我愿意,还可以回去。因为那里将没有一个我可以随时去拜访的人,没有可以一起作劳累远足的人,没有人指给我看他那儿庄稼的长势,没有人让我看看他在那儿经营的采石场。就算是老熟人,也没有把握。雷蒙特今天不是对我很友好吗,他给我讲了一些情况,他把一切描述得像展现在我面前一样。他跟我打招呼,又陪伴我,尽管他不想知道我的任何情况，而且还有别的事。现在他突然走了，可我没说过一句能伤害他的话。虽然我拒绝今晚在城里过夜，可这是很自然的，这不会冒犯他的，因为他是个理智的人。

　　火车站的钟敲响了，差一刻六点。拉班停下来，因为他感觉到心跳得厉害，然后他沿着公园的水池匆匆走去，走进一条两边种着高大灌木丛的狭窄的、灯光昏暗的路，冲进一个小树旁有许多空长凳的广场，然后稍微放慢脚步，穿过栅栏间的一个出口，来到大街上，穿过马路，大步跨进火车站大门，片刻之后找到了窗口，他不得不敲了一会儿铁皮窗。然后，一个铁路职员探过头来说，这是最后一秒钟了，他收了钞票，把车票和找的零钱重重地扔到窗台上。拉班本来想赶快点一下找他的钱，因为他觉得很可能多找了，但是，一个在附近走动的服务员把他从一扇玻璃门推上了站台。拉班一边在站台上左顾右盼，一边朝服务员喊"谢谢，谢谢"，由于找不到检票员，他就自己登上了最近的一节车厢踏板，他总是先把箱子放到上一级，然后自己再迈上去，一只手挂着伞，另一只手提着箱子把手。他上的这节车厢被他刚才还待过的车站大厅里众多的灯照得通亮；所有车窗都被推到最高处关上，有些窗玻璃前能看见挂着一盏嗤嗤作响的弧形灯，玻璃上的雨点发白，一滴一滴地不断往下淌。即使拉班关上了车厢门，坐到一条浅棕色木长椅的最后一个空位子上，他仍然能听到从站台上传来的嘈杂声。他看见许多人的脊背和后脑勺，从他们的缝隙间，可以看见他们对面长椅上的人们向后仰的脸。有几个地方盘旋着烟斗和香烟冒出的烟雾，有时还缓缓掠过某个姑娘的脸。乘客们经常互相商量着调换座位，或者把放在长椅上方一个窄小的蓝网套里的行李移到另一个网套里。要是一根棍子或一个箱子包的铁角突了出来，别人就会提醒它的主人。主人便过去把东西整理好。拉班也想了一下，然后把他的箱子塞到了自己座位底下。

他的左侧窗户边，面对面坐着两位先生，正谈论商品价格。"他们是旅行推销员。"拉班想，他平稳地呼吸着望着他们。老板派他们去乡下，他们就去，他们乘火车，在每个村庄，他们从一家商店走到另一家商店。有时他们乘马车在各个村庄之间奔走。他们不需要在任何地方久留，因为一切都要迅速进行，他们必须不断地谈论商品，只谈论商品。从事这么舒适的一个职业，人们会带着怎样愉快的心情去努力工作啊。

那个年轻一些的猛地一下从裤子后兜里抽出一个笔记本，很快在舌头上蘸湿了食指，翻动着，找到一页，一边用指甲从上往下捋着，一边读。他抬起目光时，就盯着拉班，现在他又谈起了棉线的价格，视线仍然没有从拉班脸上移开，就好像人们死盯着某一个地方看，以免忘记想说的话。他紧紧皱着眉头。他左手拿着半合着的笔记本，拇指夹在刚读过的那页，以便需要时能很容易翻到。笔记本不停地抖动着，因为他的这只胳膊没有地方支撑，而行驶中的火车就像锤子一样敲打着铁轨。

另一个推销员靠在椅背上，认真听着，不时以不同的间歇点着头。显而易见，他并不同意那个人所说的一切，过一会儿肯定会说自己的意见。

拉班把握成空拳的手掌放在膝盖上，往前探着身子，从这两位推销员的头中间看着窗户，透过窗户看着一闪而过和向后飞向远方的灯光。那个推销员说的话他根本听不懂，另一个人的回答他也不能明白。那需要先进行一番充分准备才行，因为这些人都是从年轻时候起就跟各种商品打交道的。要是某人手里这么经常摆弄着个线轴，又这么经常地给顾客看，那他就会知道它的价格，能够谈论它。人们可以谈论这些，而与此同时，一个个村庄向我们迎面扑来，又匆匆掠过，转向大地的深处而去，从我们的视野中消失。可是，这些村庄是有人住的，也许那里也有推销员从一家商店走到另一家商店。

车厢另一头的角落里站起来一个大个子男人，手里拿着纸牌喊道："嘿，玛丽，你把细纹衬衫装上了没有？""装上了。"坐在拉班对面的那个女人说。她刚睡着了一会儿，当她被问话唤醒时，就嘟囔着回答了一句，好像她在对拉班说话。"您是去容本茨劳的集市吧？"那个活泼健谈的推销员问她。"是的，去容本茨劳。""这回是个大集市，对吧。""对，一个大集市。"她昏昏欲睡，把左胳膊肘支在一个蓝色包裹上，头重重地压在手上，手紧贴着脸颊的肉，直压到颧骨上。"她多么年轻啊。"推销员说。

拉班从背心兜里掏出售票员找给他的钱点着。他把每一枚钱币都久久地竖在拇指和食指之间，并用食指尖把它在拇指内侧翻来翻去。他长时间盯着皇帝的像看，然后又注意到用丝带扣和蝴蝶结固定在脑后的桂冠。最后，他确认，钱数是对的，然后把钱放进一个黑色的大钱包里。他刚想跟那个推销商说："这是一对夫妻，您说对吗？"火车停了，行驶时的噪音停止了，列车员大声喊出一个地方的名字，拉班什么也没说。

火车又非常缓慢地启动了，人们可以想象出车轮的转动，但不一会儿，它就飞快地驶入一块洼地，之后，人们又冷不防地看见，窗外掠过的一座大桥的长长护栏，似乎忽而被拆开，忽而又被合到一起。

现在火车开得这么快，拉班很高兴，因为他是不会愿意在上一个地方停留的。如果那个地方那么黑，又没有认识的人，离家又这么远。那么，那里白天一定很可怕。下一站的情况是不是会有所不同，或者前几站或以后的几站，或者我将要去的那个村庄是另外的情形？

那个推销员说话的声调突然提高了。还远

着呢，拉班想。"先生，您和我一样清楚，这些工厂主派人去最偏僻的小地方，他们低三下四地去找最无耻的小商贩，您以为，他们给小商贩的价格会与给我们这些大批发商的不一样吗？先生，告诉您吧，完全一样，我昨天才看见，白纸黑字，写得清清楚楚。我认为这是卑鄙行径。他们压榨我们，现在这种状况，我们根本不可能做生意；他们压榨我们。"他又看着拉班；并不为眼睛里含着的泪水而难为情；他把左手手指关节压在嘴唇上，因为他的嘴唇在颤抖。拉班把身子往后靠，左手轻轻将着他的小胡子。

对面的女商贩醒了，微笑着用双手摸了摸额头。那个推销员放低了声音。那女人挪动了一下身子，像是还要睡觉，她半躺地靠在包裹上，叹了口气。她右侧臀部的裙子绷得紧紧的。

她后面坐着一位先生，头戴一顶旅行帽，正在读一张大报纸。坐在他对面的女孩可能是他的亲戚，请求他——她说话时把头歪向右肩——把窗户打开，因为她觉得太热了。他头也不抬地说，他马上就开，但他得先把报纸上这一段看完，他指给女孩看，他说的是哪一段。

女商贩再也睡不着了，她坐直身子，向窗外望去，然后，她久久地盯着挂在车厢顶上的煤油灯火苗。拉班闭了一会儿眼睛。

他抬眼看时，女商贩正在咬一块涂了棕色果酱的点心。她身边的包裹打开了。那推销员默默地抽着一支雪茄，他不断地做着好像要把烟头上的烟灰弹下来的动作。另一个推销员则用刀尖在一块怀表的齿轮上划来划去，人人都能听到那声音。

尽管拉班的眼睛几乎闭上了，但他还是模模糊糊地看见那个戴着旅行帽的先生在拉车窗皮带。凉爽的空气涌了进来，一顶草帽从一个挂钩上掉了下来。拉班觉得自己醒着，所以他的脸颊那么清凉，或者是有人打开门，把他拉进房间，或者是他自己不知怎么弄错了，很快，他就睡着了。

当拉班踩着车厢的扶梯下车时，扶梯还有些抖动。雨点打在他那刚从车厢空气里出来的脸上，他闭上眼睛。——雨点噼噼啪啪地落在车站建筑物前的铁皮屋顶上，而落在广阔田野上的雨声，却让人觉得是听到了有规则地刮着的风。一个光着脚的男孩跑过来——拉班没看见他是从哪儿出来的——上气不接下气地请求拉班让他帮着提箱子，因为正在下雨，可是拉班说：是的，正在下雨，所以自己要去乘公车。他不需要他。听了这话，那男孩做了个鬼脸，仿佛他觉得，让别人提着箱子在雨中走比乘车更体面，然后他转身跑了。拉班想叫住他时，已经太晚了。

两盏灯亮着，一个铁路职员从一扇门里出来。他毫不犹豫地冒着雨走到机车前，两臂交叉，静静地站在那儿等着，直到火车司机从栏杆上探出身来跟他说话。一个服务员被叫出来，接着又被打发回去了。有些车窗旁站着乘客，由于他们看见的只是一幢很普通的车站建筑，所以他们的目光暗淡，眼皮像火车行驶时那样直往一块儿合。一个打着花太阳伞的女孩从乡间公路匆匆来到站台上，把撑开的伞放到地上，坐下来，为了让裙子快点儿干，她把两腿叉开，用指尖在撑开的裙子上捋水。只有两盏灯亮着，看不清她的脸。从她面前走过的服务员抱怨雨伞底下积了一滩水，还用胳膊围成圈，比划着那滩水有多大，然后，又像往深水下沉的鱼一样，双手在空中挥动着，想说明，这把伞还阻碍了交通。

火车启动了，像一扇长长的推拉门似的消失了，铁轨另一侧的白杨树后面，是令人喘不过气来的大片地方。那是一片漆黑还是树林，是一个池塘还是一幢里面的人已经入睡的房屋，是一个教堂的塔尖还是山丘之间的沟壑;没有人敢去那儿,但谁又能控制得住自己呢。

拉班又看见了那个铁路职员——他已经走到了他办公室的台阶前——便跑到他面前拦住他:"请问,这儿离村子还远吗,我想去那儿。"

"不远,一刻钟,但是如果乘公车——正下着雨呢——您五分钟就到了。"

"下雨了。这不是个美好的春天。"拉班接着说。

那个职员把右手叉在胯上,通过他的胳膊和身体形成三角形,拉班看见那个女孩坐在长椅上,伞已经收起来了。

"如果人们现在去避暑了,并且待在那儿,那就一定会感到后悔。本来我以为会有人来接我的。"他四处张望,使这显得可信。

"我担心您会误了公车的。车不会等很长时间。不用谢。那边那条灌木丛之间的路。"

车站前的街道没有照明,只有从房子一层

的三个窗户里透出些许昏暗的光,但是照不了多远。拉班踮着脚尖在泥泞的地上边走边不停地喊着"车夫""喂""公车""我在这儿"。他总是不断踩进昏暗的马路边一个接一个的积水中,于是他只得整个脚掌踩地,继续往前挪动,直到一个马鼻子突然触到他的前额〔让他感到一阵清凉〕。那就是公车,他迅速跨进空车厢,在车夫座位后面的玻璃窗旁坐下,把上身弯下来,他已经做了所需的一切。因为,如果车夫是睡着了,那他清晨前后会醒来,如果他死了,那会来一个新车夫,或者老板,如果没人来,那么,会有乘早班火车的乘客来,都是匆匆忙忙的人,喧闹嘈杂。不管怎么说,可以静下心来,自己把窗帘拉上,等待车子开动时必有的那一下晃动。

在我已经做了这么多之后,我明天肯定会到贝蒂和妈妈那儿的,谁也阻挡不了。只有这样是对的,而且,事先应该估计到,我的信明天才能到，我本该留在城里，在埃尔维那儿舒舒服服地过一夜，用不着为第二天的工作而担忧，这种担忧总是会败坏我所有的兴致。可是看，我的脚都湿了。

他从背心口袋里掏出一根蜡烛头点燃，放在对面的长椅上。烛光足够亮了，车厢外的黑暗使人能看见没有玻璃窗的、涂成黑色的车厢内壁。用不着马上就想到地板下面是轮子，前面有套好的马。

拉班在长椅上仔细地擦着脚，穿上干净的袜子，坐直了身子。这时他听见有人从火车站那边朝这儿喊。"嘿，"还说，要是车里有乘客，就回答一声。

"有，有，他希望现在就走。"拉班打开车门探出头去，右手紧紧抓住门柱，左手拢在嘴边回答。雨水猛烈地灌进脖领子里。

车夫裹着两个剪开的麻袋片走过来，他的马灯的反光在他脚下的积水中跳跃着。他闷闷不乐地开始解释。听着,他和雷贝达玩牌来着,火车到达的时候,他们玩得正起劲。所以当时他根本不可能出来看看,但他也不想把不理解这一点的人骂一通。另外,这里是个脏得要命的地方,想不到这么一位先生会来这里有事,而且他很快就进车子了,所以也没什么可抱怨的。刚才皮尔克斯霍弗先生 —— 对不起,他是助理先生 —— 进来说,好像有一位金黄头发的矮个子先生要乘公车。他马上就问了究竟,或者他也许没有马上就问。

马灯被挂在辕杆顶上,车夫闷声闷气地吆喝了一声马,马拉动了车,车顶棚上被晃动的水透过裂缝慢慢滴进车厢里。

道路可能起伏不平,泥浆肯定溅到车辐上了,溅起的积水的扇形水面在滚动的车轮后发出哗哗的声音,车夫手中驾马的缰绳大多时候是松松的。难道不能把这一切看成是对拉班的谴责吗?一滩一滩的积水突然被挂在辕杆上晃动的马灯照亮，承受了马蹄，在车轮下碎成水波。这一切之所以发生，都是因为拉班要去他的未婚妻贝蒂那儿，一个不很年轻的姑娘。就算有人愿意谈论这事，谁又会赞赏拉班在这儿的功劳呢，即使这些功劳只不过是他所受到的、没有人能当面向他说出的谴责。他当然愿意这么做，贝蒂是他的新娘，他爱她，要是她为此而感谢他，那才令人讨厌呢，但她肯定会谢的。他不时下意识地用头碰他倚靠着的那面车厢壁，然后又抬头看了一会儿车顶棚。有一次，他的右手从大腿上滑下来，他的手本来是放在腿上的。但胳膊肘还留在肚子和腿之间的弯角里。

　　车子已经驶入房屋之间，偶尔，车厢里会射入某间屋子的灯光，一个台阶——拉班得站起身来，才能看见最下面几阶——通向一座教堂，一个公园门口点着一盏灯，火苗很大，可是，一座圣像只凭借一家杂货铺的灯光才显出黑黢黢的影子，现在，拉班看到他的蜡烛烧完了，凝固住的蜡油一动不动地从长椅上挂下来。

马车停在客栈前，可以听见雨下得很大，还有——可能是一扇窗户开着——客人们的声音，这时，拉班心里问自己，是马上下车好呢，还是等客栈老板到车前好。这个小城的习俗是怎样的，他不知道，但是，贝蒂肯定谈到过她的未婚夫，那么，他的亮相出色与否，会使她和他自己在此地的声誉相应地更高或更低。但是，他既不知道她现在的声誉如何，也不知道她跟别人说了些关于他的什么，所以他就感到更加不舒服和困难。美丽的城市和美丽的归途。城里下雨的时候，大家都乘电车穿过湿淋淋的石砖路回家，而在这儿，却坐着这么一辆破马车，经过烂泥地来到一家客栈。——城市离这儿很远，就算我现在想家想得要死，今天也没人能把我送回去了。——我也不会死的——可是在城里，会有人给我把今晚想吃的菜端到桌上来，右边，盘子后面是报纸，左边是灯，这里，他们会给我端来一份非常油腻的饭菜——他们不知道我的胃不好，就算他们知道，又能怎样呢——一份陌生的报纸，许多我现在已经听到他们声音的人会在场，一盏供所有人用的灯。那会是什么样的光线呢，玩牌够了，可是看报呢？

店主没有来，对他来说，客人们无关紧要，他可能是个不友好的人。或者他知道我是贝蒂的未婚夫，而这就是他不来我这儿的理由，那么同样，马车夫也因此让我在火车站等了那么长时间。贝蒂常说，她经常受到下流男人们的调戏，又如何拒绝他们的纠缠，也许这里也是如此。

（二稿）

当爱德华·拉班穿过走廊，跨进门洞时，就看见正在下雨。雨下得不大。

他眼前的人行道比他站的地方不高也不低，尽管下雨了，还是有许多行人。有时会走出一个人来，横穿马路。

一个小女孩，双臂前伸，捧着一只灰色的狗。有两位先生正互相告诉对方一件什么事情，他们时而面对面，然后又慢慢转开身去；这让人联想起在风中被吹开的门。其中一个双手掌心向上，平稳地摆动着，好像托着什么东西，在掂它的重量。然后看到一位苗条的女士，她的脸轻轻地抽搐着，就像一闪一闪的星光，她扁平的帽子用什么东西装饰着，一直到帽檐儿，堆得高高的；并非有意，但对所有过往的人，她都显得很陌生，像是有一种法定的东西在起作用。一位拄着细手杖的年轻人匆匆走过，他的左手像是瘫了似的平放在胸前。许多人是去上班；尽管他们走得很快，但人们看见他们的时间却比看见别人的长，他们一会儿在人行道上走，一会儿又下去走，他们的外衣不合身，不注意举止，他们任自己被别人碰撞，也去撞别人。三位先生——其中两位把薄外套搭在弯曲的小臂上——不时从房屋的墙边走到人行道边，看看马路和对面人行道上的情况。

透过来往行人的空隙，有时粗略地，有时可以清楚地看见车行道上铺得整整齐齐的石子，石子路上，马车在车轮上摇摇晃晃，由伸长脖子的马拉着快速前进。车里的人靠在软座上，默默地看着行人、店铺、阳台和天空。当一辆马车要超过另一辆时，马匹们就挤在一起，缰绳晃来晃去。牲口们拉着车辕，车子摇晃着滚滚向前，直到完全超过前面的车，马才重新分开，只有瘦长、安静的马头还凑在一起。

一位上了些年纪的先生快步向房门走去，在干燥的马赛克地板上停下来，慢慢转过身，然后注视着被挤进这条窄巷的雨纷乱地落到地下。

拉班把缝有黑色布面的手提箱放到地上，同时稍微弯了弯右膝盖。雨水已经在马路旁汇成一股水流，几乎是奔涌着流进低处的下水道里。

拉班微微倚着那扇木门，那位上了年纪的先生在离拉班很近的地方随意地站着，不时朝拉班看上几眼，尽管他得为此使劲扭转脖子。不过他这样做仅仅是出于自然的需要，因为他正好没事干，所以要仔细观察至少他周围的一切。他这样毫无目的地东张西望，结果是很多东西他都没看见。比如他没有发现，拉班的嘴唇非常苍白，不亚于他领带上完全褪了的红色，那领带原本有着显眼的摩尔式图案。倘若他察觉到这一点，那他肯定会在内心对此发出一声叫喊，但这又不对了，因为拉班一向很苍白，尽管最近可能是有一些事情弄得他特别疲惫。

"这鬼天气。"那位先生小声说着，摇了摇头，虽然是有意识的，但也有点儿由于衰老。

"是啊是啊，尤其是还要出门。"拉班说，赶紧站直身子。

"这天气不会好转的，"那位先生说，同时，为了在最后一刻再考证一遍所有情况,他探身向前,往巷子前后看看,又看看天空,"可能持续几天,可能持续几个星期。我记得,预报说六月和七月初的天气也不会更好。这不会使任何人愉快,比如我,就不得不放弃散步,可散步对我的健康非常重要。"

接着他打了个哈欠,显得很疲乏,因为他听到了拉班的话,只顾着谈话,对别的都不再感兴趣,甚至对谈话也不感兴趣。

这给拉班的印象相当深刻,因为是那位先生先向他打招呼的,因此他试图稍微自我炫耀一下,即便根本不会引起别人的注意。"是的,"他说,"在城里完全可以放弃于自己健康不利的事情。如果不放弃,那只能因其不良后果而谴责自己。人们会后悔,并由此才明白,下次该怎么办。可是如果已经在个别

〔此处缺一页〕

"我这样说没什么意思。我没有任何意思。"拉

班急急地说，他愿意原谅那位先生的心不在焉，因为他还要稍微自我炫耀一番。"这都只是我刚才提到的那本书里的，这是我最近晚上读的一本书，我像其他人一样，晚上读书。我以前常常是一个人。我的家庭状况曾经如此。但是，除了其他一切，晚饭后读一本好书，也是我最喜欢的事。很长时间以来就是这样。不久前，我在一份宣传册中看到摘录的某位作家的一段话：'一本好书是最好的朋友。'这真是千真万确，是这样的，一本好书是最好的朋友。"

"是的，要是年轻的话——"那位先生说，他的话并没有特别的意思，只不过是想说，在下雨，雨又大了，根本没有停的意思，但是拉班听起来却像是，这位先生六十岁了还认为自己年轻力壮，反倒把拉班这样三十来岁的人不放在眼里，而且，如果允许，他还想说，他三十岁的时候绝对比拉班理智。他认为，比如他，一个老人，就算是无所事事，站在过道里看雨，那是浪费时间；但是如果除此之外再加上闲聊来打发时间，那就是双倍地浪费时间。

此时拉班觉得，一段时间以来，不管别人怎样议论他的能力和观点，都丝毫不能触动他；相反，他刚刚正式离开了那个他曾一切听命于斯的职位，所以，不管人们现在反对他还是支持他，他们的话都等于白说。所以他说："我们说的不是一回事，因为您没有耐心等待听我想说的话。"

"请讲，请讲。"那位先生说。

"也不是那么重要，"拉班说，"我只是认为，不论在哪方面，书都是有用的，尤其是人们想不到它有用的时候。因为，要是打算做一件事，那么，恰恰是那些内容与这件事毫无共同之处的书最有用。对，最有用。因为，想要做这件事的读者，不知怎么被激起了热情（就算完全是那本书的作用能使他如此激动），那本书激发起他许多与他那件事有关的想法。而由于那本书的内容又毫不相干,读者的想法便不会受到阻碍,他可以带着这些想法通读全书,我想说,就像当初犹太人渡过红海一样。"

拉班觉得,那位老先生整个人的样子现在变得令人讨厌。他似乎觉得自己靠得非常近,——不过这只是无关紧要的

〔此处缺一页〕

报纸也是。——但是我还想说,我只是去乡下,只去十四天,我休假,很长时间以来第一次,再说这也是必要的,但尽管如此,一本比如我刚才提到前不久读过的书,就我这次短暂旅行所给予我的教益,比您能想象的要多得多。"

"我听着。"那位先生说。拉班不说话,把双手插进外衣口袋里,因为他直着身子站着,所以口袋有些高。

过了一会儿,那位老先生才说:"看来这次旅行对您具有特别重要的意义。"

"您看,您看。"拉班说着,又把身子靠到门

上。这时候他才看见,过道里挤满了人。甚至连门前的台阶上也站着人,一个跟拉班在同一位女房东那里租了一间房的公务员,当他下台阶时,不得不请人家给他让路。他隔着几个脑袋喊了拉班一声,拉班只用手指了指雨,那几个脑袋现在都回头看着拉班,那个公务员冲拉班说了声"旅途愉快",又重复了一遍在此之前的约定,下个星期天肯定去看望拉班。

〔此处缺一页〕

有一个他自己也很满意的职位,这个职位一直等待着他。他有毅力,内心快乐,所以他不需要任何人就能消遣,而所有人都需要他。他总是那么健康。哎,您不说话。"

"我不会争吵的。"

"您不会争吵的,但您也不会承认您的错误,您为什么要如此坚持呢。如果您现在还这么清晰地记得,我敢打赌,假如您跟他谈话,就会忘掉一切。您会责备我现在没有更好地驳倒您。

如果他只是谈论一本书。一切美好的事物都会立刻使他欢欣鼓舞。"

## （三稿）

当身穿蓝灰色外套的爱德华·拉班穿过走廊，跨进门洞时，就看见正在下雨。雨下得不大。

拉班看着一座塔楼上的钟，那座塔楼位于一个地势较低的巷子里，相当高，看上去离得很近。塔楼上的一面小旗子有一刹那被吹到表盘上。一群小鸟飞下来，它们紧密地连成一个整体，扩展开来。现在是五点刚过。

拉班把缝有黑色布面的手提箱放到地上，把雨伞靠在门边的一块石头上，然后掏出他的怀表来，那是一块女式表，系在一根挂在脖子上的黑色细带子上，他开始跟塔楼上的钟对表，几次低头抬头看两个表。有一小会儿，他完全专注于此事，脸一会儿低下，一会儿抬起，除此之外，世界上其他事情都不想。

最后，他把表装起来，高兴地舔了舔嘴唇，因为他有足够的时间，不用冲到雨里去赶路。

他眼前的人行道比他站的地方不高也不低，还有许多行人，他们或者聚在一起，沿着房子走，或者打着伞，彼此间保持着距离。一个小女孩，双臂前伸，捧着一只灰色的狗，狗盯着女孩的脸看。

有两位先生正互相告诉对方什么事情，他们敞开的外套被风吹动着，他们有时完全面对面，其中一个双手掌心向上，平稳地摆动着，好像托着什么东西，在掂它的重量。

然后看到一位苗条的女士，她的脸轻轻地抽搐着，就像一闪一闪的星光，她扁平的帽子用不知道什么东西装饰着，一直到帽檐儿，堆得高高的；并非有意，但对所有过往的人，她都显得很陌生，像是有一种法定的东西在起作用。

一位挂着细手杖的年轻人匆匆走过，他的

左手像是瘫了似的平放在胸前。

　　许多人是去上班；尽管他们上身前倾，走得很快，但人们看见他们的时间却比看见别人的长，因为他们一会儿在人行道上走，一会儿又像从汽车踏板上跳下来似的，下到马路上去继续走，因为他们到处挤，从不让别人，所以经常被别人碰撞，也撞别人。

　　三位先生——其中两位把薄外套搭在弯曲的小臂上，站在一位蓄着白胡子的高个先生两旁——不时从房屋的墙边走到人行道边，看看车行道和对面人行道上的情况。

　　一个小孩，一只手被家庭女教师牵着，另一只胳膊伸着，迈着小步跑过，每个人都能看见，他的帽子是用染成红色的麦秸编成的，波浪形的帽檐儿上有一个绿色的小花环。

　　拉班双手指着那顶帽子让一位老先生看，那位先生站在他身边的过道里躲雨，雨被毫无规律的风刮着，一会儿聚在一起急速降下，一会儿又孤零零地漂浮着,犹犹豫豫地落下。

拉班笑了。孩子穿什么都合适,他喜欢孩子。这不奇怪,要是不经常跟孩子打交道的话。他很少跟孩子打交道。

那位老先生也笑了。那个家庭女教师却不一定有这种乐趣。如果人们年纪大一些,也不会马上就感到激动。年轻时容易激动,可是上了年纪就明白,这没有任何益处,所以人们甚至

〔三稿到此结束〕

任卫东 译

# Franz Kafka
Das erzählerische Werk

Beim Bau der Chinesischen Mauer

一场斗争的描述

（一稿）

> 辽阔的天空下
> 人们穿着衣裙
> 摇摇晃晃地在石子路上散步，
> 天空从远处的山丘
> 向远方的山丘延伸。

I

十二点左右，就有几个人站起来，躬身致意，互相伸出手来，说着过得非常愉快，然后穿过高大的门框来到前厅穿外衣。女主人站在屋子中间，灵活地向各处欠身致意，她裙上的褶子显得很不自然。

我坐在一张由三条可折叠的细腿支撑的小桌旁，正在呷第三小杯甜药酒，同时打量着我那一小堆小点心，那是我自己挑选出并摞起来的，因为它们的味道好极了。

这时，我的新相识走过来，有些心不在焉地对我做的事笑了笑，用颤抖的声音说："请您原谅我来找您。但是我和我的姑娘一直单独坐在隔壁一个房间里。从十点半开始，这还没多久。请原谅我跟您说这事。我们彼此不认识。不是吗，我们在楼梯上遇到了，互相说了几句客套话，而我现在就向您谈起我的姑娘，但是您必须原谅我，我请求您，我憋不住我的幸福，我没办法。由于这里没有其他我可以信赖的熟人——"

他就这么说着。我却难过地看着他，——因为我嘴里那块果料点心味道不好——冲着他那涨得通红的脸说："您觉得我值得信赖，让我很高兴，但您跟我讲这事，却使我难过。而且您自己——要是您不这么糊涂的话——也会感觉到，向一个独自坐着喝酒的人讲述一个正在恋爱的姑娘,是多么不合适。"

我说完,他便一屁股坐下来,身子往后一靠,两只胳膊垂下来。然后,他又支起胳膊肘,把胳膊收回来,开始相当大声地自顾自讲起来:"只有我们两人在那间屋里 —— 坐着 —— 和小安娜,我吻她了 —— 我 —— 吻了 —— 她的嘴唇,她的耳朵,她的肩膀 ——"

几位先生站在附近,猜到这里正进行一场热烈的谈话,就打着哈欠向我们走来。于是我站起来大声说:"好吧,如果您愿意,我就去,不过,现在上劳伦奇山是愚蠢的,因为天还冷,由于下了一点雪,所以路像冰道一样滑。但是,如果您愿意,我就一起去。"

他先是吃惊地看着我,那宽厚、红润、湿漉漉的嘴唇张开着。继而,当他看到那几位已经站在周围的先生时,便笑了,站起来说:"噢,是的,冷点儿好,我们的衣服里都是热气和烟味儿,我尽管喝得不多,可能也有点儿醉了,对,我们去告别，然后就走。"

于是，我们走到女主人面前，当他吻她的手时，她说："真的，您的脸今天看上去这么幸福，这真让我高兴，往常，您的脸总是那么严肃、烦闷。"她这番话的好意打动了他，他又吻了吻她的手；她笑了。

前厅里站着一个侍女，我们现在是第一次见到她。她帮我们穿上外衣，然后拿上一只小手电，准备给我们照亮楼梯。是的，这个姑娘很漂亮。她的脖颈裸露着，只是在下巴下面系着一条黑丝绒带子，当她在我们前面下楼梯，向下照着手电时，她那宽松衣服里的身体好看地弯着。因为刚喝过酒，所以她脸颊泛红，双唇半张。

在楼梯下，她把手电放在台阶上，有些踉跄地走近我的相识，拥抱并亲吻他，没有松开。直到我把一枚硬币放到她手里，她才懒洋洋地松开他，慢吞吞地打开那扇小门，让我们走进黑夜。

被均匀照亮的空旷街道上方,一轮巨大的月亮高挂,天空由于有些许云彩而显得更加广阔。地上铺着薄薄一层雪。走路时脚直打滑,所以不得不迈小步。

我们刚一来到外面,我的情绪就立刻变得明显的异常兴奋。我纵情地踢着腿,让关节轻快地响着,我朝巷子里喊着某个名字,仿佛一个朋友从我这儿溜走跑到拐角后去了,我跳着把帽子高高抛起,然后大叫着接住它。

我的相识却漠不关心地在我身边走着。他低着头,也不说话。

我觉得奇怪,因为我以为,周围没有了聚会时的那些人,他的快乐会使他发狂。我也变得安静了。我刚才在他背上兴奋地打了一掌,就觉得窘迫,于是笨拙地收回手。由于我用不着手,就干脆插进大衣口袋里。

我们就这么默默地走着。我注意听我们的

脚步声，不明白为什么我不可能和我的相识步伐一致。这使我有些恼怒。月亮很亮，看东西很清楚。偶尔有人靠在窗户上看我们。

当我们走上费尔迪南街时，我发现我的相识哼起了一首曲子；声音非常小，但我听见了。我认为这是对我的侮辱。他为什么不和我说话？如果他不需要我，那他当时为什么来找我。我生气地想起那堆好吃的甜食，我是为了他才把它们丢在桌子上的。我还想起了甜药酒，于是心情快乐了一些，甚至可以说傲慢起来。我双手叉腰，想象我是一个人在散步。我刚才在一群人中间，把一个忘恩负义的年轻人从窘境中解救出来，现在在月光下散步。这是一种本身就无拘无束的生活方式。白天工作，晚上聚会，夜间在巷子里走走，没有任何出格的事。

不，我的相识还走在我后面，当他发现他落在了后面时，甚至加快了步伐，他装作这是自然的事。我却在考虑，我是否拐进一条小巷更合适，因为我没有义务陪别人共同散步。我可以独自回家，没有人能阻止我。在我的房间里，我会点燃立在桌上铁架子上的灯，我会坐进我那把放在破旧的东方地毯上的扶手椅里。——当我想到这里，全身袭过一阵软弱无力的感觉，只要我一想到又回到我的房子，又要一个人在涂了色的四壁之间和地板上熬时间——从后墙上挂的那面金框镜子里看去，那地板显得是下斜的——就会有这种软弱无力的感觉。我的两腿累了，我已经决定，无论如何要回家，躺到床上去，这时，我犹豫不决，离开时是否应该跟我的相识道个别。但是我太胆小，不能不打招呼就走，又太软弱，不能大声告别，所以我又停下来，靠在一面洒满月光的墙上，等着。

  我的相识迈着轻快的步伐走来，但也有些忧虑。他做了充分的准备，现在眨了眨眼，把胳膊平伸到空中，使劲把他那戴着一顶黑色硬壳帽的头朝我伸上来，似乎想用这一切表明，他非常懂得赞赏我为了让他开心而在这儿开的玩笑。

我无助地轻声说:"今天晚上很开心。"与此同时,我做出一个失败的微笑。他回答说:"是的,您看见了,那个侍女也亲吻我了。"我无法说话,因为我的嗓子里充满了眼泪,因此,为了避免默不作声,我试着发出像一只邮车号角似的声音,他先是竖着耳朵听,然后,他满怀感激地友好地握着我的右手。我的手肯定摸起来冰凉,因为他很快就松开我的手说:"您的手真凉,那个侍女的嘴唇要温暖些,是的。"我明智地点点头。我一面请求亲爱的上帝赐予我坚强,一面说:"是的,您说得对,我们要回家了,已经很晚了,我明天早上还得上班;您想想,是可以在那里睡觉,但那是不合适的。您说得对,我们要回家了。"说着,我把手伸给他,好像事情已经最终解决了。他却微笑着接着我的口气说:"是的,您说得对,这样一个夜晚可不能在床上睡过去。您想想看,要是独自一人在他的床上睡觉,会用被子闷死多少幸福的想法,又会用它温暖多少噩梦。"由于对自己这一想法感到高兴,他使劲抓住我大衣前胸——再高他也够不着了——兴奋地摇晃着我;然后,他眯起眼睛,亲密地说:"您知道您是怎样的人吗,您很怪。"说着,他开始继续走,我跟着他,自己并没有发觉,因为我还在想他的话。

开始,我感到高兴,因为这似乎表明,他猜测我身上具有什么东西,尽管我并不具备这种东西,但是,由于他的猜测,已经使我引起了他的重视。这种情况使我高兴。我对我没有回家感到满意,我的相识对于我非常重要,因为他在别人面前给予我很高的评价,而用不着我自己去争取!我充满爱意地看着我的相识。我想象着自己保护他免受危险的伤害,特别是在情敌和嫉妒的男人面前保护他。对我来说,他的生命变得比我自己的更宝贵。我觉得他的脸很漂亮，我为他的桃花运感到骄傲，我分享他今晚从那两个姑娘那里获得的吻。噢，今晚真开心！明天我的相识会和安娜小姐谈话；开始当然是谈些平常的事，但之后他会突然说："昨天夜里我跟一个人在一起，亲爱的小安娜，你肯定从没见过他。他看上去——我该怎么描述他呢——他看上去像根摇摇晃晃的棍子，上面挑着一颗不太协调的黄皮黑发的脑袋。他的身体上挂着许多很小的、很显眼的发黄的布料，这些布料昨天把他完全盖住了，因为夜里没有风，布都贴着他的身体。他怯生生地走在我身边。你，我亲爱的小安娜，你亲吻得多么好啊，我知道，要是你的话，你会笑出声来，你会有点儿害怕，可是我，我的魂由于对你的爱已飞到了九天外，我倒高兴有他做伴。他可能不高兴，所以默不作声，但是，在他身边，就会处在一种无休止的幸福的不安中。我昨天被自己的幸福所折服，可我几乎忘了你。我觉得，随着他那扁平的胸脯的呼吸起伏，繁星密布的天空那坚硬的穹隆似乎正在升起。地平线展开了，在燃烧的云彩下，景色变得一望无际，就像它带给我们的快乐也无边无际。——我的天，我多爱你，小安娜，我爱你的吻胜过美景。我们不谈他了，我们彼此相爱。"

当我们迈着缓慢的步伐走上码头时，我尽管嫉妒我的相识得到了亲吻，但我高兴地感觉到他内心的羞愧，他在我面前，就像我在他面前的样子，肯定会感觉到这种内心的羞愧。

我就是这样想的。但我的想法当时很混乱，因为莫尔多瓦河及河对岸的城区笼罩在黑暗中。只有几点灯光在闪烁，与看着它们的眼睛戏耍。

我们站在栏杆边。我戴上手套，因为水面吹来的风很凉；然后，我像人们在傍晚的河边可能会做的那样，无缘无故地叹了口气，想继续走。但是我的相识望着河水，一动不动。然后，他更靠近栏杆，把胳膊肘支在铁杆上，额头埋进手掌里。我觉得这很蠢。我感到冷,把大衣领子竖起来。我的相识伸展身体,把本来靠在弯曲的胳膊上的上身伸到栏杆上面。为了抑制住打哈欠,我羞怯地急匆匆说道:"不是吗,真奇怪,只有黑夜能使我们完全沉浸到回忆中。比如现在,我正想起这件事:一个傍晚,我斜坐在河边的一条长椅上。我的一只胳膊搭在长椅的木靠背上,头靠在胳膊上,望着对岸云层般的山峦,听着河畔旅馆中有人轻柔地拉小提琴。两岸不时有冒出闪亮烟雾的火车慢吞吞地驶过。"——我就这么说着,同时在这话语后拼命试图编造怪异的爱情故事;其中不能缺少些许的野蛮和暴力的强奸。

但是我刚说出前几句话,我的相识就漠不关心地、对我还在这里感到吃惊地 —— 我是这么觉得的 —— 朝我转过身来说:"您看,事情总是这样的。当我今天下楼梯,想在去聚会之前再做个晚间散步时,我发红的双手在白色的衣袖里晃来晃去,异常快活,我对此惊异不已。当时我就估计会有艳遇。事情总是这样的。"他说这话时,已经往前走了,他说得漫不经心,像是说对一件小事的观察。

我却深受感动,而且我感到难过,因为我颀长的身材可能会使他觉得不舒服,在我身边他可能显得太矮。尽管现在是夜里,我们几乎遇不到任何人,但这种情形使我感到非常痛苦,所以我弓着背,走路时两手都触到膝盖了。为了不让我的相识发觉我的意图,我只是非常缓慢、极其小心地改变我的姿态,并让他看安全岛上的树和桥上路灯在河中的倒影,试图将他的注意力从我身上引开。但他突然转身,脸冲着我宽厚地说:"您为什么这样走路? 您现在整个佝偻着,差不多和我一样矮。"

因为他是出于好心说的,我就回答说:"有可能。但是我觉得这种姿势舒服。我身体很弱,您知道的,让我挺直身子很困难。这不是一件小事;我很高——"

他有些不相信地说:"这只不过是个情绪问题。我觉得您以前一直是挺着身子走路的,在社交聚会中,您的举止也还过得去。您甚至还跳舞来着,不是吗? 没有? 不过您肯定是挺着身子走路的,您现在也能这样。"

我做了个拒绝的手势坚持说:"是的,是的,我以前是挺着身子走路的。但是您低估我了。我知道什么是得体的举止,所以我才驼着背走路。"

但是这对他并不那么简单,他已经被他的幸福冲昏了头,不能理解我的话的意义,只是说:"那,随您的便。"他抬头看磨房塔楼上的钟,指针已经快指向一点了。

我却对自己说:"这人多没心肝啊! 他对我那些谦恭的话所表现出来的无所谓态度是多么典型和明显! 这是因为他很幸福,幸福的人都是这样的,他们认为周围发生的一切都是理所当然的。他们的幸福是使一切变得美好的原因。

就算我现在跳到水里,或者就在他眼前,在这桥拱下的石子路上,痉挛把我撕成碎片,我也得乖乖地适应他的幸福。是的,要是他的火气上来——这样一个幸福的人是危险的,这毫无疑问——他也会像个街头行凶者一样把我打死。肯定是这样的,而我由于胆小,会吓得都不敢喊一声。——天哪!"——我害怕地四处张望。远处一家镶着方形黑色玻璃的咖啡店前,一个保安人员正在石子路上遛来遛去。他的马刀有点儿妨碍他,他于是把它拿在手里,这样,他走起来就好看多了。当我在我与他之间有这么一段距离的情况下还听到他低低的欢呼声时,我就明白了,就算我的相识要打死我,这个保安员也不会救我。

不过我现在也知道我该做什么了,因为恰恰在面临可怕事件时,我会有很大的决心。我必须跑开。这很容易。现在,向左拐上卡尔大桥时,我可以向右跑进卡尔街。这是一条弯弯曲曲的小巷，里面有一些昏暗的门洞和还开着门的酒馆；我用不着绝望。

当我们从码头尽头的桥拱下走出来时，我张开双臂跑进小巷；可是当我正要跑向一个教堂的小门时，我摔倒了，因为我没看见那儿有一个台阶。发出的响动很大。下一个路灯还离得很远，我趴在黑暗中。从对面一个酒馆里走出一个肥胖的女人，提着一盏烟雾腾腾的小灯，想看看巷子里发生了什么事。弹钢琴的声音停止了，一个男人把半开的门完全打开。他朝台阶上吐了一大口痰，一边摸着女人的胸脯一边说，发生的事丝毫没有意义。接着，他们转过身去，门又关上了。

我试着站起来，又摔倒了。"冰面太滑。"我说，同时感觉到膝盖一阵疼痛。但我仍然很高兴，因为酒馆里的人看不见我，所以我觉得，在这儿躺到天亮是最舒服的事了。

我的相识肯定是一个人走到桥上，也没有

察觉到我的不辞而别,因为他过了一阵才到我跟前。我没有看见,当他同情地朝我弯下身子,伸出柔软的手抚摩我时,脸上不无惊讶。他来回抚摩着我的面颊,然后把两个胖胖的手指放到我扁平的额头上:"您摔疼了,是吧? 冰面很滑,要小心 —— 头疼吗? 不疼? 噢,膝盖疼,是这样。"他用一种唱歌般的声调说话,好像在讲述一个故事,讲述一个非常遥远的膝盖被摔疼的事。他也晃动着他的胳膊,但他并没有想到把我扶起来。我把头支在右手上 —— 胳膊肘支在路面的石子上 —— 为避免忘记,赶紧说:"我不太知道我为什么往右拐了。但是我在这个教堂的树下 —— 我不知道教堂的名字,噢,请您原谅 —— 看见一只猫在跑。那是一只小猫,浅色的毛。所以我注意到它。—— 噢,不是,不是这样的,请您原谅,但是,人们要付出足够的努力,才能在白天控制自我。所以人们得睡觉,为这种努力而加强自己的力量,要是不睡觉，我们就会做不少这种无目的的事情，不过，我们的陪伴者如果对此表示大惊小怪，那就不够礼貌了。"

我的相识双手插在口袋里，望着空荡荡的桥，然后又望着天主十字教堂，之后又看着晴朗的天空。因为他没有听我说，所以他担心地说："您为什么不说话呢，亲爱的；您不舒服吗——您为什么不站起来呢——这儿很冷，您会着凉的，我们不是还要去劳伦奇山嘛。"

"当然，"我说，"请您原谅。"我自己站起来，但身上疼得要命。我摇摇晃晃，不得不死死盯住卡尔四世的立像，才能确定自己站立的位置。可是月光却不相宜地使卡尔四世晃动起来。我感到惊奇，我担心，要是我行动不稳，卡尔四世就会倒塌，所以我的双脚变得有力多了。后来，我觉得我的努力毫无用处，因为，当我忽然想起我被一个穿着美丽的白色连衣裙的姑娘爱着时，卡尔四世还是倒了。

我做了无用的事,误了不少事。突然想起那个姑娘是多么幸福啊!——月亮也照耀着我,它真好,当我看出,月亮照耀一切只是非常自然的事,出于谦卑,我想站到桥头堡支柱拱穹下去。所以我快乐地伸展双臂,尽情享受月亮。——这时,我突然想起那句诗:

> 我跳跃着跑过小巷
> 像一只喝醉酒的走兽
> 步履沉重地穿行于空气中

当我懒散的双臂做着游泳的动作,毫不疼痛、毫不费力地前行时,我感到轻松了。我的头舒服地躺在凉爽的空气中,白衣姑娘的爱使我沉浸在忧伤的欣喜中,因为,我觉得我好像正在水中游着离开我的爱人,也离开她那地方的云雾般的山峦。——我想起来,我曾经恨过一个幸福的熟人,他可能现在还走在我身边,我的记性这么好，还记得这些无关紧要的事，这使我感到高兴。脑子要记的东西很多。于是，我一下子知道了所有这么多星星的名字，尽管我从没学过。是的，这都是些奇怪的名字，很难记，但我都知道，而且知道得一清二楚。我伸出食指指向高空，大声地一个个说出它们的名字。——但我没有继续说星星的名字，因为我还得接着游，我不想潜得太深。为了避免以后人们对我说，在石子路上谁都能游泳，这不值一提，我便加快速度，跃上栏杆，环绕着我遇到的每一个圣者雕像游泳。——到第五个雕像的时候，正当我以从容的划水动作在石子路上方游动时，我的相识抓住了我的手。于是，我又站到石子路上，感到膝盖一阵疼痛。我忘了星星的名字，对那个可爱的姑娘，也只记得她曾穿了一件白色的连衣裙，但是我怎么也想不起来，我有什么理由相信姑娘的爱。所以，我心里升起一股对我的记忆力的强烈的怒火，我害怕会失去那个姑娘。于是，我费力地不停重复着"白裙子，白裙子"，以便至少通过这个标志记住那个姑娘。但是这没用。我的相识说着话，不断逼近我，在我开始听懂他的话的意思的那一瞬间，一道白光沿着桥栏杆轻盈地跳跃着，掠过桥头堡，跳进黑暗的巷子。

"我曾一直喜欢，"我的相识指着圣女鲁德米拉的雕像说，"这个天使的双手，左边这个。它们无比柔嫩，张开的手指在颤抖。但是，从今天晚上开始，这双手对我来说已经无所谓了，我可以这么说，因为我吻过手了——"这时，他拥抱我，吻我的衣服，用头顶着我的身体。

我说："是的，是的。这我相信。我毫不怀疑。"同时，我用被他松开的手指拧他的小腿肚。但他没有感觉。于是我对自己说："你为什么跟这样一个人一起走？你不爱他，也不恨他，因为他的幸福只在一个姑娘身上，甚至她是否穿一件白连衣裙都不肯定。这么说，这个人对你来说无所谓——再说一遍——无所谓。不过他也并不危险,这一点已经得到证明。那么,继续跟他一起上劳伦奇山去,因为在这美好的夜晚,你已经走在这条路上了,但尽管这样,你要随他去说,你按你的方式去消遣,这样——小声说——你也可以最好地保护自己。"

## II 取乐或证明不可能生活

### 1. 骑

我已经异常敏捷地跳到我的相识的肩膀上,用拳头捅他的背,使他漫步小跑起来。但当他稍有不情愿,踏着步子,有时甚至停下来时,我就用靴子戳几下他的肚子,好让他更有精神。这样做卓有成效,很快,我们就不断深入到一个很大的,但还未完成的地带内部,那里正是傍晚时分。

我骑行于上的公路有很多石头,而且非常

陡，可是这正合我意，我还让它变得石头更多些，更陡些。只要我的相识步履一踉跄，我就揪住他的头发往上提，他一叹气，我就给他脑袋几拳。与此同时，我感觉到，这种心情愉快的晚间骑游对我的健康是多么有益，为了使之更狂放，我让一股劲风长久地迎面吹着我们。现在，我又在我的相识那宽大的肩膀上夸张地做着骑马的跳跃动作，我双手紧紧抓住他的脖子，头使劲往后仰着，看着那形形色色的云，它们比我更软弱，慢腾腾地随风飘浮。我大笑，为我的勇敢而战栗。我的大衣在风中展开，给了我力量。同时，我的双手用力攥在一起，装作好像不知道这样会把我的相识掐死。

我让路边长出树木，弯曲的树枝渐渐遮住了天空，我骑得身上发热，朝着天空喊道："我还有其他事情要做，不能总听爱的废话。他为什么来找我，这个多嘴多舌的恋人？他们都是幸福的，要是别人知道这一点，他们就会更幸福。他们以为度过了一个幸福的晚上,所以就高兴地期盼着未来的生活。"

这时,我的相识倒下了,当我检查他时,发现他的膝盖受了重伤。因为他对我不再有用,我便把他丢在石头上,用口哨从空中招来几只老鹰,它们长着严厉的尖嘴,顺从地落到他身上,守护着他。

**2. 散步**

我无忧无虑地继续走着。但是,因为我是步行,担心走起伏不平的山路太累,所以我让路变得越来越平坦,最后在远处通向一个低处的山谷。

按照我的意志,石头都消失了,风也停了,融入傍晚中。我快步走着,因为我是下山,所以我仰着头,挺直了身子,胳膊放在脑后。我喜欢杉树林,所以我穿行于杉树林中,因为我喜欢默默地凝视繁星密布的天空,所以,在辽阔的天空中，星星也像平时一样，缓慢而平静地为我升起。我看见只有几片扯长了的云，被一阵在同样高度吹动的风拉着穿行于空气中。

在我的路对面相当远的地方，可能跟我还隔着一条河，我让一座高山拔地而起，山顶长满了灌木，与天相连。就连最高的树枝上的枝杈和树枝的摇动，我都能看得很清楚。这个景色，不管它是多么平常，竟让我高兴得像一只在那远处纷乱的灌木枝条上晃动的小鸟，甚至忘了让月亮升起，它已经落到了山后，可能是因为我的拖延生气了。

现在，月亮升起前的那种清冷的光洒满山上，突然，月亮自己从一束晃动的灌木后升上来。而我在此时正朝另一个方向看，当我往前看时，一下子看见它那几乎浑圆的球体散发着光亮，这时，我的眼睛模糊不清，我停了下来，因为我这条很陡的下坡路似乎正是通向那个可怕的月亮的。

但过了一小会儿,我就习惯了它,我沉思地看着它,看它升上来是多么艰难,一直到我和它相向走了一大段路,我感到一阵舒适的困倦,我觉得,这是因为白天太累,当然,我已想不起白天干了什么事。有一小段时间,我闭着眼睛走,我只能靠有规律地大声拍手让自己保持清醒。

可是后来,当路要从我脚下滑脱,一切都像我一样累得快要消失时,我就加快速度,用尽全力攀登路右侧的山坡,想及时到达那片高大纷乱的杉树林,我打算今天夜里睡在那里。我加快速度是必要的。星星已经暗了下来,月亮像在摇曳的水中,在天空中缓缓下沉。山已经成了夜的一部分,公路在我转上山坡的地方令人不安地终结了,我听到,从树林深处传来越来越近的树木倒下的声音。我本来是可以立刻倒在青苔上睡觉的,但是我怕蚂蚁,所以我两腿攀着树干,爬到一棵树上,风虽停了,但那树还在晃，我躺在一根树枝上，头靠着树干，很快就睡着了，此时，一只像我一样快乐的小松鼠正竖着尾巴，坐在晃动的树枝顶端摇晃着。

河很宽，河中响亮的小浪花被照亮了。河对岸也是草地，草地逐渐过渡成灌木，灌木后面很远的地方，可以看见白亮的果树大道，通向绿色的山丘。

看到这一景象，我很高兴，我躺下来，一边用手堵住耳朵，以免听到那可怕的哭声，一边想，在这里，我可以满意了。"因为这里孤寂而美丽。在这里生活不需要太多勇气。在这里也会像在别处一样有烦恼，但人们用不着采取什么行动。这没有必要。因为这里只有群山和一条大河，我足够聪明，可以把它们看成是无生命的。是的，如果我独自一人在傍晚踉踉跄跄地走在草地的上坡路上，我并不会比山更孤独，只不过我将会感觉到孤独。但是我相信，这也会过去的。"

我就这样把玩着我未来的生活，并顽固地尝试着遗忘。同时，我眯起眼睛望着天空，天空呈现出一种异常幸福的色彩。我已经很长时间没见过这样的天空了，我被感动了，回想起那些我曾认为见到过这样天空的日子。我把手从耳边拿开，伸开双臂，让它们垂到草丛里。

我听到远处有人低声抽泣。起风了，我先前没看见的许多干枯树叶沙沙地飞扬起来。尚未成熟的果实昏头昏脑地从果树上落到地下。一座山的背后升起丑陋的云。河里的浪花发出声响，躲避着风。

我迅速站起来。我的心在痛，因为现在看来不可能从我的痛苦中解脱出来。我已经想转身离开这里，回到我从前的生活方式中去了，这时，我突然想起："这多么奇怪啊，在我们这个时代，竟还有高贵的人用这种方式被运过河去。只能说这是一种古老的习俗，除此之外，没有别的解释。"我摇摇头，因为我感到奇怪。

## 3. 胖男人

### （1）对风景的讲话

从对岸的灌木丛中，猛地走出四个浑身赤裸的男人，他们肩上抬着一副木担架。担架上有个以东方姿势坐着的异常肥胖的男人。尽管他被抬着穿过根本无路的灌木丛，但他并不把带刺的枝条推开，而是平静地用他那纹丝不动的身体冲破它们。他那一身布满褶皱的肥肉随便地平摊着，不仅覆盖住整个担架，而且，两边还像一条黄色地毯的贴边一样耷拉下来，但这并不妨碍他。他那秃脑袋很小，闪着黄色的亮光。他的面部表情单一，是那种正在沉思，并对此毫不掩饰的人的表情。他有时闭上眼睛，等他又睁眼时，下巴就变形。

"风景干扰我的思考，"他轻声说，"它使我的思绪摇摆不定，像奔腾的激流上的索桥。风景非常美丽，所以希望被观赏。

"我闭上眼睛，说：你，河畔的青山，你的山石滚向流水，你是美丽的。

"但是它不满意，它希望我睁开眼睛看它。

"但是，如果我闭着眼睛说：山，我不爱你，因为你让我想起云，想起晚霞和升腾的天空，这些都是几乎能使我落泪的东西，这是因为，如果人们坐在一顶小轿里被人抬着，它们就永远不可及。你让我看这些，诡计多端的山，同时挡住了能令我开心的远眺的视野，因为远眺能让我对可及的东西一目了然。所以我不爱你，水边的山，不，我不爱你。

"但是，对它来说，这番话就像我以前没有睁开眼睛说的话一样无所谓。要不然，它就是不满意。

"我们不必让它对我们友好，以便我们能维护它，它对我们的脑浆有着古怪的偏爱。它会把它锯齿形的影子压到我身上，它会一声不吭地把寸草不生的光秃秃的山壁推到我面前，我的轿夫们就会被路上小小的石子绊倒。

"可是,并非只有山如此自负,如此强求于人,如此报复心重,其他所有事物都是如此。所以,我必须睁圆双眼——哦,眼睛疼——不断重复:

"是的,山,你是美丽的,你西山坡的树林让我高兴。——还有你,花,我对你也满意,你的玫瑰色使我的灵魂快乐。——你,草坪上的青草,你已经高大而强壮,能带来清凉。——还有你,奇特的灌木丛,你会出其不意地刺人,使我们的思绪呈跳跃性。——对你,河,我是那么喜欢,所以我会让人抬着穿过你那弯弯曲曲的水流。"

他几次谦卑地挪动身体,大声说了十遍这篇赞颂之辞后,垂下头,闭着眼睛说:

"但是现在——我请求你们——大山,鲜花,青草,灌木和河流,给我一点空间,让我能呼吸。"

这时，周围的群山急忙移动起来，在低垂的云雾后互相碰撞着。那些林阴大道尽管还固守不动，守护着它们的宽度，但它们也提前变得模糊了：天空中，太阳前挂着一片边缘被阳光照得略微透明的潮湿云彩，在它的阴影中，大地在下陷，所有一切都失去了它们美丽的界线。

轿夫们的脚步声一直传到我所在的这岸，但是，我在他们四方形的脸上什么也看不清。我只看见，他们把头歪向一边，弓着背，因为他们肩负的重量非同一般。我为他们担心，因为我发现他们已经累了。所以，我便紧张地盯着看他们踏上岸边的青草地，然后，迈着还算均匀的步伐穿过潮湿的沙滩，直至他们最后陷进泥泞的芦苇塘中，后面两个轿夫把腰弯得更低，以便使轿子保持水平。我双手紧紧握在一起。现在，他们每走一步都要把脚高高抬起，结果，在这个多变的下午的凉爽空气中，他们的身体在流淌的汗水中闪闪发亮。

胖子静静地坐着，双手放在大腿上；每当芦苇在前面两个轿夫身后弹起，那长长的芦苇尖就会划到他身上。

轿夫们离河水越近，动作就越不协调。有时，轿子晃得像是在浪尖上。他们得跳过芦苇中的小水坑，或者绕过它，因为它有可能很深。

有一次，野鸭群惊叫着飞起，直冲向雨云。这时，我稍微移动了一下，看到了胖子的脸；它非常不安。我站起来，笨拙地跳跃着匆匆跑过隔在我与河水之间那多石的山坡。我没有注意到这是危险的，我只想着，要是胖子的仆人们抬不动他了，我就助他一臂之力。我不假思索地跑着，以至于在下边的河边没能刹住脚，不得不又水花四溅地往河里跑了一段，直到水没了膝盖才停下来。

对面，仆人们已经歪歪扭扭地把轿子抬到水中，他们一只手放在不平静的水面上，另外四只多毛的胳膊把轿子抬高，胳膊上那非同一般地隆起的肌肉清晰可见。

开始，河水拍打着下巴，后来升到嘴边，轿夫的头向后仰着，轿杆落到了肩膀上。水已经在鼻梁周围荡漾，他们仍未放弃努力，尽管他们还没到河中央。这时，一个低浪打到前面两个人头上，四个男人无声地被淹没了，他们粗壮的胳膊把轿子也拉了下去。河水接着涌上来。

这时，夕阳淡淡的光芒透过那一大片云的边缘，给地平线边缘的丘陵和山峦披上一层美丽的色彩，而云底下的河流和地区却光线模糊不清。

胖子慢慢转向河水奔流的方向，被带着顺流而下，像一尊因为多余而被扔到河里的浅色木质神像。他在雨云在水中的倒影上行进着。长条的云拖着他，小的卷云推着他，所以，他内心异常激动，这一点，即使在河水拍打着我的膝盖和河岸的石头的同时也还能察觉到。

我又迅速爬上斜坡，以便能在路上陪陪胖

子，因为我大概是爱他的。而且我可能了解一些有关这一看似安全的地方的危险性。这样，我走上一条沙地，首先必须适应的是它的狭窄，我双手放在口袋里，头转向右边，冲着河的方向，这样，下巴几乎靠到肩膀上。

岸边的石头上立着柔弱的燕子。

胖子说："岸边亲爱的先生，您不要试图救我了。这是水和风的报复；我输了。是的，这是报复，因为我们曾经多少次侵犯过这些东西，我和我的祈祷者朋友，在我们的刀剑歌唱时，在钹镲的闪烁中，在长号的灿烂光泽和定音鼓跳跃的光亮中。"

一只小海鸥伸展着翅膀飞过他的肚皮，速度丝毫没有受到影响。

胖子继续说：

（2）与祈祷者开始的谈话

有一段时间，我每天都去一座教堂，因为

我爱上的一位姑娘每天傍晚都在那里跪祷半小时，这时，我就可以静静地观赏她。

有一次，姑娘没有来，我不耐烦地朝祈祷的人们望去，这时，一个年轻人引起了我的注意，他消瘦的身子整个匍匐在地上。有时，他用尽全身的力气举起头来，又叹息着重重撞进摊在地上的手掌中。

教堂里只有几个老妇人，她们不时把包着头巾的头转向一侧，去看这个祈祷的人。引起了别人的注意看来让他很高兴，因为他每次虔诚的祷告爆发前，眼睛都四处张望，看看是否有很多人注意他。

我认为这样不妥，所以决定，等他走出教堂时跟他攀谈，问他为什么以这种方式祈祷。对，我生气了，因为我的姑娘没来。

但是，他一个小时之后才站起来，认真地画了个十字，然后走走停停地来到圣水盆旁。我站到圣水盆和大门之间的路上，我知道，他不做解释我是不会放他过去的。我撇着嘴,这是每当我肯定要说话前总会做的准备动作。我右腿迈前一步,把重心放在上面,左脚尖漫不经心地点着地;这也能使我坚强。

可是,这个人在往脸上洒圣水时,有可能就已经瞥见我了,也许他在此之前就不无忧虑地注意到我了,因为他现在出乎意料地向大门奔去,并跑了出去。玻璃门关上了。当我立即随后跑出门去时,已经看不见他了,因为那里有几条小巷,来往车辆也很多。

之后几天,他没出现,但我的姑娘来了。她穿着黑色连衣裙,肩部有透明的钩织花边,——花边底下是半圆形低胸领口 —— 从花边的下部边缘垂下裁剪细致的丝质领子。因为姑娘来了,我就忘了那个年轻人,而且后来,当他又有规律地来并按照他的习惯祈祷时,我也没顾上为他费心。但是,他总是急匆匆地从我身边走过,脸扭向一边。这可能是因为,我只想象他运动中的样子，所以，就算他站着，我也觉得他在蹑手蹑脚地走动。

有一次，我在屋里耽搁了，但我还是去了教堂。在那里我没有找到姑娘，打算回家。这时，那个年轻人又趴在那儿。于是，旧事突然浮现在我脑海中，使我感到好奇。

我踮着脚尖悄悄溜到门口，给坐在那儿的瞎乞丐一个硬币，然后挤进他身旁开着的那扇门后。我在那里坐了一个小时之久，可能面部表情狡诈。我觉得那里很舒服，决定以后经常来。但是，在第二个小时，我就觉得，为那个祈祷者坐在这里毫无意义。尽管如此，我仍在第三个小时恼怒地忍受着蜘蛛在我衣服上爬来爬去，这时，最后一批人才大声喘着气从教堂的暗处走出来。

他也来了。他小心翼翼地走着，他的脚落地之前，总是轻轻地探触地面。

我站起来，向前迈出一大步，抓住那个年

轻人的脖领子。"晚上好。"我边说边用我抓在他领子上的手把他推下台阶,走向灯光明亮的广场。

当我们下到广场上时,他用一种毫不坚定的声音说:"晚上好,亲爱的,亲爱的先生,您可别生我的气,我是您最忠实的仆人。"

"好的,"我说,"我想问您几个问题,先生,上一次您溜走了,今天您可办不到了。"

"您是慈悲的,先生,您会放我回家的。我是个可怜的人,这是真的。"

"不,"我冲着驶过的有轨电车发出的嘈杂声喊道,"我不放您。我就喜欢这种故事。您是我的意外收获。我祝贺我自己。"

这时他说:"哦,上帝啊,您有一颗充满活力的心和一个榆木脑袋。您说我是意外收获,您得是多高兴啊!因为我的不幸是一种摇摇欲坠的不幸,一种在一个细小的尖上摇晃的不幸,谁碰它,它就会倒向提问的人。晚安,先生。"

"好吧，"我紧紧抓住他的右手说，"如果您不回答我的问题，我就在巷子里开始大喊。所有正在离开店铺的女售货员和所有正高兴地等待着她们的情人就会跑过来，因为他们以为是一匹驾车的马摔倒了，或是发生了这类事情。到时候，我就会让他们看您。"

他哭着交替亲吻我的双手。"我会说出您想知道的一切，但我请求，我们最好去那边的小巷里吧。"我点点头，我们朝那里走去。

但是，尽管巷子里只有相距很远的昏黄路灯，他还是对这种昏暗不满意，他把我带到一座老房子的低矮过道里一盏小灯下，那油灯挂在木台阶前，蜡油不断滴落。

在那里，他煞有介事地掏出他的手帕，边把它铺到台阶上边说："请坐下，亲爱的先生，这样您能更好地提问，我站着，这样可以更好地回答。但您别折磨我。"

于是我坐下，眯着眼睛向上看着他说："您

是个奇怪的神经病,您就是的!您在教堂里的举止像什么样子!多么可笑,让旁观者多么不舒服!要是别人不得不看您,还怎么能虔诚祈祷呢。"

他的身子紧紧贴在墙上,只有头自由转动着。"您别生气——您为什么为与您无关的事生气呢。如果我自己举止不当,我会生气;但是,如果是别人举止恶劣,那我不会生气。所以,如果我说,我那样祷告的目的就是让别人看我,您别生气。"

"您在说什么呢,"我喊道,我的喊声对这低矮的过道来说太大了,但我就怕减弱我的声音,"真的,您在说什么呢。是的,我已经猜到了,是的,从我第一次见到您,我就已经猜到您是什么状况了。我是有经验的人,如果我说这是陆地上的一种晕船病,我并不是在开玩笑。这种病的实质是,你把东西的真正名称忘记了,现在,在匆忙中随意给它们安一些名称。只要快,只要快!但是,你刚一离开它们,就又把它们的名称忘记了。你曾把田野上的杨树称作'巴比伦塔',因为你不知道,或者不愿意知道,那是一棵杨树,现在,它又没有了名称,在那里摇曳,于是,你又得称呼它'诺亚,看他醉成什么样子了'。"

他说:"我很高兴,没听懂您说的话。"这使我感到有些震惊。

我生气了,很快地说:"您对此感到高兴,就表明您听懂了。"

"我当然表明了,尊贵的先生,不过,您说得也很怪异。"

我把双手放到高一些的一级台阶上,身子向后靠,以这种几乎是攻不破的、摔跤运动员们最后一招获胜的姿势说:"您解救自己的方式很有趣,您是把您自己的状况假设成别人的。"

这时,他变得有了勇气。为了使自己的身体协调一致,他双手握在一起,有些勉强地说:

"不，我这样做并非跟所有人作对，比如说也不是跟您作对，因为我做不到。如果我能做到，我会非常高兴，因为那样，我就不再需要教堂里那些人的注意了。您知道我为什么需要他们的注意吗？"

这个问题让我措手不及。我当然不知道，而且我觉得我也不想知道。当时我对自己说，我本来也不想来这儿的，但是这个人非逼我听他说。所以我现在只需要摇头，向他表明我不知道，可是我的头动不了。

站在我对面的那个人微笑着。然后他蹲下身子，带着一脸困倦的怪相讲道："我还从未有过使自己对自己的生活充满信心的时候。因为我对周围事物的理解，都是基于毫无根据的想象，以至于我总以为，这些东西曾经存活过，不过现在正在逝去。亲爱的先生，我总怀着一种自我折磨的兴趣，去看事物展现在我面前之前会是什么样子。那时，它们肯定是美丽、安静的。肯定是这样的,因为我经常听人这样谈到它们。"

由于我默不作声,只是通过脸上不由自主的抽搐表明,我非常不高兴,所以他问:"您不相信人们这么说吗?"

我觉得必须点点头,但我却不能动。

"真的,您不相信?哦,您听着:我还是孩子的时候,有一次,从短暂的午睡中睁开眼睛,还没完全醒来,我听见我妈妈在阳台上用很自然的声调向下问道:'亲爱的,您在干什么呢。天真热。'一个女人从花园里答道:'我在园子里吃茶点。'她们就这么不假思索地说着,而且说得不太清楚,好像是理所当然的。"

我觉得我被问倒了。所以我把手伸到裤子后兜去,做出在那里找什么东西的样子。但我什么也没找,我只想改变一下我的样子,以表现出我对这次谈话的关心。同时,我说,这件事太奇怪了,我根本不能理解。我还补充说,我不相信这件事是真的,这肯定是他出于某种目的编的,只是我还没看穿他的目的。然后,我闭上眼睛,因为我觉得眼睛疼。

"噢,您跟我看法一致,这真好,您拦住我告诉我这些,不是为了个人私利。

"不是吗,我身体不挺拔,步伐沉重,不用手杖敲打石子路,没有轻掠那些大声谈笑着擦肩而过的人的衣裙,对此,我为什么要羞愧——或者我们为什么要羞愧。相反,我是否应该更有理由抱怨,因为我作为影子,肩膀不灵活,沿着房子蹦跳着走,有时会消失在陈列橱窗的玻璃里。

"我度过的是什么日子啊!为什么所有的房子都建得那么差,以致有时高楼会倒塌,而人们根本找不出外部原因。于是,我就得爬过瓦砾堆,问我遇到的每一个人:'怎么会发生这种事!在我们的城市里。一座新房子,——这已经是今天的第五座了。——您想想。'没人能回答我。

"经常有人在巷子里倒下,就死在那儿。这时,所有店主就会打开他们挂满商品的大门,敏捷地跑过来,把死者抬到一所房子里,然后,嘴角和眼中带着微笑走出来说:'日安 —— 天空真苍白 —— 我出售许多头巾 —— 是的,战争。'我跳进房子,在几次胆怯地抬起弯着一个手指的手之后,我终于敲响了管家的小窗户。'亲爱的,'我友好地说,'有个死人被抬到您这儿了。您让我看看,我请求您。'当他摇着头,好像犹豫不决时,我肯定地说:'亲爱的。我是秘密警察。您马上让我看看那个死人。''一个死人?'他问道,几乎感到受了侮辱。'没有,我们这里没有死人。这是一户规矩人家。'我告辞后走了。

"但是后来,如果我要穿过一个大广场,我就会忘记一切。穿越广场这件事的难度,使我糊里糊涂,我常想:'如果人们仅仅出于自负建这么大一个广场,那为什么不再修建一条能贯穿广场的石栏杆呢。今天刮西南风。广场上风吹得呼呼响。市政厅的塔楼尖画着小圈。为什么人们不在拥挤中安静下来？这是什么嘈杂声啊！所有窗玻璃都哗啦哗啦地响，路灯柱弯得像竹子一样。柱子上圣母马利亚的斗篷被吹得鼓起来，狂风撕扯着它。这没人看见吗？本应在石子路上走的先生和女士们飘浮在空中。当风要喘口气时，他们就停下来，互相说几句话，彼此躬身致意，可是，当风又刮起来时，他们无法与之对抗，于是，大家都同时抬起脚来。尽管他们必须紧紧抓住自己的帽子，但他们的眼睛却快乐地四处张望，仿佛风和日丽。只有我感到害怕。'"

我受到这么不好的待遇，我说："您刚才讲的您母亲和那位花园中妇人的故事，我觉得一点儿都不奇怪。这不仅因为我听过和经历过很多这类事情，而且，我甚至参与过一些。这种事是非常自然的。您认为，要是当时是我在阳台上，我不会说同样的话，不会从花园里做出同样的回答吗？这么简单的一件事。"

我说完这番话，他显得很高兴。他说，我穿得很漂亮，我的领带他也很喜欢。我的皮肤是那么细腻。当人们要否认已承认的东西时，它们才最清楚明了。

（3）祈祷者的故事

然后，他在我身边坐下，因为我变得胆小了，我把头偏向一边，给他让出地方。尽管如此，我还是察觉到，他坐在那儿，也有些尴尬，总试图跟我保持一小段距离，他费力地说：

"我过的是什么日子啊！"

昨天晚上我参加了一个聚会。我刚在煤气灯下朝一个姑娘躬身致意说："冬天快要到了，我真高兴。"——正当我边鞠躬边说这番话时，我生气地发现，我的右大腿关节脱臼了。膝盖骨也有些松动了。

于是我坐下来说话，因为我总是试图控制我说出的句子："因为冬天要省力多了；人们举止可以轻松一些，说话也用不着字斟句酌。不是吗，亲爱的小姐？但愿我在这个问题上说得有道理。"此时，我的右腿让我非常恼火。因为，一开始，它像是完全散架了，后来，我通过所谓的推拿和按压才逐渐使它勉强恢复正常。

那位姑娘出于同情，也坐了下来，这时，我听见她轻声说："不，您不能使我佩服，因为——"

"等一下，"我满意而充满希望地说，"亲爱的小姐，您也不应该光为了跟我说话而花费五分钟时间。您边吃边说吧，我请求您。"

我伸出胳膊，从一个黄铜小天使塑像举着的托盘里拿了一串饱满的葡萄，在空中举了一会儿，然后放到一个蓝边的小碟里，也许不失优雅地递给姑娘。

"您不能使我佩服，"她说，"您所说的一切都很无聊，令人费解，而且还不是真的。我认为，先生——您为什么总称我亲爱的小姐——我认为,您之所以不说实话,是因为实话太累人。"

上帝啊,这下我可来神了!"是的,小姐,小姐,"我几乎是在喊了,"您说得多么正确啊!亲爱的小姐,您理解吗,这是一种被撕裂的快乐,如果人们能不经意地就被理解。"

"实话对您来说太辛苦了,先生,因为,看看您的样子吧!您的整个身子是用薄纸、黄色的薄纸剪成的,像个影子,您一走路,别人就能听见您发出沙沙声。所以,对您的举止或意见发怒是不公平的,因为您得根据当时屋里的气流弯腰。"

"我不懂。这屋子里站着几个人。他们或者把胳膊搭在椅子背上,或者把身子靠在钢琴上,或者犹豫着把杯子举到嘴边,或者胆怯地走进旁边的屋子,等他们在黑暗中在箱子上碰伤了右肩后,就在敞开的窗户旁喘着气想:那是金星,长庚星。我却在这人群的聚会中。如果这之间有什么联系，那我是弄不懂的。但我根本不知道，这之间到底有没有联系。——您看，亲爱的小姐，所有这些人都稀里糊涂，所以他们的行为犹豫不决，举止可笑，这其中只有我似乎还配听到关于我的清楚的议论。为了使这议论令人愉快，他们用讽刺的语气说话，所以，就令人惊奇地有所保留，就像一座内部已经烧毁，只剩下承重墙的房子。此时，人们的视线已毫无障碍，白天，可以透过窗洞看见天上的云，夜里能看见星星。但是，云彩还是经常逃离灰色的石头，星星会构成不自然的图案。——这样好吗，为了表示对您的谢意，我透露给您一个秘密，总有一天，所有想活的人，都会成为我这个样子；是用黄色的薄纸剪出来的，像剪影似的，——就像您说的——他们一走动，别人就会听到沙沙声。他们不会与现在有什么不同，但他们的外表会是这样的。就连您，亲爱的——"

这时我发现，那位姑娘已经不坐在我身边了。她肯定是一说完她最后几句话就走了，因为她现在站在离我很远的一扇窗户旁，被三个身着白色高领衣服、谈笑风生的年轻人包围着。

为此，我高兴地喝了一杯葡萄酒，向弹奏钢琴的人走去，他独自一人，此时，正摇头晃脑地弹着一首悲伤的曲子。我小心翼翼地朝他的耳朵俯下身，以免吓着他，然后和着那首乐曲轻声说：

"劳您驾，尊敬的先生，现在请您让我弹奏，因为我打算高兴一下。"

因为他没有听我说话，所以我尴尬地站了一会儿，然后，克制住自己的胆怯，从一个客人向另一个走去，顺便说着："今天我要弹钢琴。是的。"

似乎所有人都知道我不会弹琴，但他们都因为自己的谈话被愉快地打断而友好地笑着。然而，当我大声对弹琴人说："劳您驾，尊敬的先生，现在请您让我弹奏，因为我打算高兴一下。这是一次胜利。"这时，大家才开始注意我。

弹琴人尽管停止了弹奏，但他并没有离开他棕色的琴凳，而且好像也没有明白我的意思。他叹了口气，用他修长的手指捂住脸。

我已经有点儿同情他，想鼓励他继续弹奏下去了，这时，女主人带着一群人走过来。

"这是个奇怪的想法。"他们说着，还大声笑着，仿佛我要做什么不自然的事似的。

那个姑娘也凑过来，蔑视地看着我说："尊贵的夫人，请您让他弹吧。他可能想逗大家乐乐。这是值得赞扬的。我请求您，尊贵的夫人。"

所有的人都高兴地大声附和，因为他们显然跟我一样，认为那姑娘说的是反话。只有弹琴人默默不语。他低着头，左手食指在琴凳的木板面上轻抚着，好像在沙滩上画画。我颤抖起来，为了掩饰，我把双手插进裤兜。而且我也不再能清楚地说话了，因为我整张脸都想哭。

所以，我不得不字斟句酌，以使听众觉得我要哭的想法是可笑的。

"尊贵的夫人，"我说，"我现在必须弹奏，因为——"由于我忘记了理由，我索性一屁股坐到钢琴旁。这时，我又明白了我的处境。弹琴人站起来，体贴地跨过琴凳，因为我挡了他的道。"请您把灯关了，我只能在黑暗中弹奏。"我直起身来。

这时，两位先生抓住琴凳，把我抬得离钢琴远远的，抬向餐桌，他们一边用口哨吹着一支歌，一边轻轻摇晃着我。

看来，所有的人都赞成这种做法，那位姑娘说："您看，尊贵的夫人，他弹得多好。我早就知道的。您还那么担心来着。"

我明白了，潇洒地躬身表示感谢。

有人给我倒了一杯柠檬汽水，一个涂着红嘴唇的小姐端着杯子喂我喝。女主人用银碟子递给我一块蛋白甜饼，一个身穿雪白连衣裙的女孩把甜饼送进我嘴里。一个满头金发、身材丰满的小姐在我头顶上举着一串葡萄，我只需摘下来就行了，她则盯着我那躲躲闪闪的眼睛。

因为所有的人都对我那么好，所以，当他们再次一致阻止我走向钢琴时，我当然觉得很奇怪。

"够了。"男主人说，在此之前，我一直没注意到他。他走出去，旋即又回来，拿着一顶巨大的礼帽和一件有花朵图案的铜褐色大衣。"这是您的东西。"

这尽管不是我的东西，但我不愿意麻烦他再去找一次了。男主人亲自给我穿大衣，他几乎要贴到我的身体，大衣正合适。一位面目慈善的女士逐渐弯下身子，从上到下给我扣上大衣扣子。

"那么，您多保重，"女主人说，"欢迎您不久后再来。您知道，我们随时愿意见到您。"这时，所有的人都躬身致意，好像真有必要似的。

我也试着鞠躬,但我的大衣太瘦。所以我拿起帽子,极其笨拙地走出门去。

但是,当我迈着小步走出房门后,我的眼前突然出现了明月高悬、繁星密布的苍穹,市政厅前的环形广场,马利亚石柱和教堂。

我平静地从阴影里走到月光下,解开大衣扣,让自己暖和起来;然后,我举起双手,让夜的嘈杂沉寂下来,开始思考:

"这是怎么回事,你们装得好像你们真的存在似的。你们想让我相信我不是真的,滑稽地站在绿色的石子路上。但那已经是很久以前的事了,那时,你,天空,曾是真的,而你,环形广场,从不曾真过。

"这是真的,你们总是比我优越,但也只是在我不打扰你们的情况下。

"感谢上帝,月亮,你不再是月亮了,不过,这可能是我的疏忽,我给你取名叫月亮,现在仍称你为月亮。为什么当我把你叫作'颜色奇怪的、被遗忘的纸灯笼'时,你不再那么高兴了呢。为什么当我叫你'马利亚柱'时,你几乎要缩回去呢,而且,当我称你为'洒出黄光的月亮'时,我再也看不到你那咄咄逼人的姿态了,马利亚柱。

"看来的确如此,如果有人对你们进行深思,就会让你们不舒服;你们就会减少勇气和健康。

"上帝,如果思考者能向醉酒者学习,那才会多么有益于健康啊!"

"为什么一切都变得安静了。我觉得没有风了。那些小房子,那些常常像装着小轮子一样在广场上滑来滑去的小房子,也结结实实地定住了 —— 寂静 —— 寂静 —— 根本看不见那条通常把房子和地面分开的黑色细线。"

我跑了起来。我毫无阻碍地绕着大广场跑了三圈,由于我没有碰到醉汉,所以我无需减速,丝毫不觉得费力地朝卡尔街跑去。我的影子比我小，常常在我旁边的墙上跑着，就像是在墙和路基之间的狭路上。

当我经过消防队的房子时，听到从小环形路那边传来嘈杂声，我拐上那条路后，看见一个醉汉站在喷泉的栏杆旁，他两臂平伸，用拖着木拖鞋的双脚在地上跺着。

我首先站住，想让我的呼吸平稳下来，然后，我走向他，从头上摘下礼帽，自我介绍：

"晚安，柔弱的贵人，我二十三岁，但我还没有名字。而您肯定有着一个奇怪的、可以吟唱的名字，来自那伟大的城市巴黎。那正在失衡的法国宫廷的极其不自然的气息包围着您。

"您那双有色的眼睛肯定看见了那些高贵的女士，她们已经站在高大、明亮的平台上，讥讽似的扭动着纤细的腰肢，而她们那也是展开在台阶上的彩绘拖裙后裾还摊在花园的沙地上。——不是吗，到处都有身穿裁剪粗俗的灰色燕尾服和白色裤子的仆人们往长杆上爬，他们的双腿环绕着长杆,上身经常弯向后方和侧面,因为,他们必须扯着粗大的绳子,把许多巨大的灰色幕布从地下挂到高处去并撑开,因为高贵的女士希望看到一个雾蒙蒙的清晨。"

他打了个嗝,差点儿吓着我,我说:"真的,这是真的吗,先生,您来自我们的巴黎,来自那狂风暴雨的巴黎,来自那个热情奔放的冰雹天?"

当他再次打嗝时,我尴尬地说:"我知道,这是我的极大荣幸。"

我用敏捷的手指扣上大衣,然后热烈而又腼腆地说:

"我知道,您认为不值得回答我,但是,如果我今天不问您,我就将过一种凄惨的生活。

"我请求您,装扮入时的先生,别人告诉我的都是真的吗。巴黎有没有只用漂亮衣服做成的人,那里有没有只有大门的房子,夏天,城市上方的天空真的是流动的蓝色吗,点缀着朵朵白云，它们全都是心形的。那儿有没有一个门庭若市的蜡像馆，里面只有挂着小牌的树，上面写着最著名的英雄、强盗和情人的名字。"

"还有这则消息！这则显然虚假的消息！"

"不是吗，巴黎的那些大街突然出了岔道；它们不安静了，不是吗？并不总是一切井然有序的，那怎么可能呢！如果发生一次事故，人们就会迈着几乎脚不沾地的大城市的脚步，从各个小巷涌出来，聚集在一起；尽管大家都好奇，但也担心会失望；他们急促地喘息着，往前伸着他们的小脑袋。如果他们相互碰了一下，就会深鞠躬，请求原谅：'非常抱歉——这不是有意的——太挤了，我请您原谅——我太笨手笨脚了——我承认。我的名字是——我的名字是耶洛默·法罗赫，我是卡波丹街上卖调料的——请允许我明天请您吃午饭——我的妻子也会非常高兴的。'他们这么说着，巷子里充满了喧闹声，烟囱里冒出的烟在房屋之间沉落下来。就是这样的。有没有这种可能,在一条富贵街区的一条繁华大街上,会停下两辆车。仆人庄重地打开门。八条高贵的西伯利亚狼狗跳下车,狂吠着在马路上跳跃追逐。这时,有人说,这是些化了装的巴黎时髦青年。"

他的眼睛几乎闭上了。当我沉默不语时,他把双手伸进嘴里,撕扯着下巴。他的衣服肮脏不堪。他可能是被别人从一个小酒馆里扔出来的,而他自己还不清楚。

这可能是白天与黑夜之间那短暂而宁静的休息,这时,我们没有料到,脑袋会垂在脖子上,我们也没有发觉,一切都静止不动,而且,由于我们不去观察,这一切又消失了。我们蜷缩着身子独自待着,四处张望,但什么也看不见了,也不再能感觉到空气的阻力,然而我们内心深处却牢牢记着,在离我们一定距离的地方,矗立着带房顶的房屋,所幸还有四方形的烟囱,通过烟囱,黑暗流进了房屋,又通过阁楼流进各种各样的房间。幸运的是,明天又是一个白天,人们将能看清存在的一切,这真令人难以置信。

这时,那醉汉扬起眉毛,眉眼间显出一道光彩,他断断续续地解释说:"是这样的——我困了,所以我要去睡觉了——我有个内弟在文策尔广场——我去那儿,因为我住在那儿,那儿有我的床——那么我走了——我只是不知道他叫什么,住在哪儿——我觉得我给忘记了——不过这没关系,因为我根本不知道,我是否真有个内弟——我现在走了——您认为我会找到他吗?"

我不假思考地回答说:"肯定能。不过您来自异乡,您的仆人们不巧又不在您身边。请让我带您去吧。"

他没有回答。于是我把我的胳膊伸给他,让他挽着。

## （4）胖子和祈祷者之间的继续谈话

而我早就试着让自己高兴起来。我搓着自己的身体对自己说：

"是你说话的时候了。你已经很尴尬了。你感到困窘了吗？等一等！你了解这样的局势。别着急，慢慢想！环境也会等待的。"

"就像上星期的聚会时一样。有人朗读着一本手抄本上的什么东西。有一页是我应他的请求自己抄的。当我读到他抄写的那几页上的字迹时，吃了一惊。那是毫无根据的。人们从桌子的三面探过身子来。我哭着发誓说，这不是我的笔迹。"

"但是，它为什么要跟今天的事相似呢。都是因为你，才会有这番限制范围的谈话。一切都那么平和。加把劲儿，我亲爱的！——你会发现不同意见的。——你可以说：'我困了。我头疼。再见。'快点儿，快点儿。让别人注意你！——这是什么？又是重重障碍？你想起什么了？——我想起一个高原，它作为大地的一块牌子，面向天空高耸而起。我从一座山上看见它，已经做好准备横穿它了。我开始唱歌。"

我的嘴唇干燥，不听指挥，我说：

"是否应该能换一种活法？"

"不。"他询问地微笑着说。

"但是您为什么傍晚在教堂里祈祷呢？"我问道，这时，我一直犹如在睡梦中一样支撑着的我与他之间的一切，都倒塌了。

"不，我们为什么要谈这个呢。晚上，独自生活的人都不承担责任。人们担心一些事情。也许肉体会消失，可能人真的是他在黄昏中的样子，人也许没有拐棍就不能走路，也许最好去教堂，大声喊叫着祈祷，引别人注目，得到肉体。"

因为他就这么说着，然后不说话了，我从口袋里掏出我的红色手绢，弯下身子哭起来。

他站起来，吻着我说：

"你为什么哭？你身材高大，我喜欢，你双手修长，它们几乎可以按照你的意愿动作；你为什么不为此而高兴呢。我建议你总穿深色袖边。——不，我在恭维你，你还哭？你非常理智地承担着生活的这种艰难。"

"我们其实是在造无用的战争机器、塔楼、城墙和丝绸窗帘，要是有时间，我们会对此大感惊讶的。我们保持飘浮，我们不会掉下来，哪怕我们比蝙蝠还要丑陋，我们也要翩翩飞舞。已经没有人能阻止我们在天气好的日子说：'上帝啊，今天是个好日子。'因为我们已经被安置在我们的地球上了，我们生活在我们共同看法的基础上。"

"我们其实就像雪中的树干。它们看上去只是平躺在地上，好像轻轻踹一脚就能推动。其实不然，人们推不动，因为它们是跟地面紧紧连在一起的。不过，你看，连这也只是表面现象。"

思考阻止了我的哭泣:"现在是夜里,没有人会在明天责备我现在可能说的话,因为那有可能是睡梦中说的。"

然后我说:"是,是这样,不过我们说什么来着。我们不可能谈论天空的照明,因为我们是站在房子过道深处。不,——是的,我们本可以谈论这事的,因为我们在谈话中并非完全独立,我们不想达到什么目的或真理,只想开心和消遣。不过,您不能再给我讲一遍那个花园里女人的故事吗。那个女人是多么令人佩服、多么聪明啊!我们的行为应该以她为榜样。我是多么喜欢她啊!我遇到您,并抓住您,这也很好。跟您谈过话,这对我来说是非常大的享受。我听到了一些我迄今为止也许有意不去了解的东西,——我很高兴。"

他看上去很满意。尽管人与人的身体接触总让我觉得不好意思,但我还是得拥抱他。

然后我们从过道里出来,站到天空下。我

的朋友吹散几片零散的云彩，于是，我们头顶展现出完整的星空。我的朋友吃力地走着。

### 4.胖子的灭亡

这时，一切都被飞快的速度所控制，到了远处。河水被拖向一处悬崖，它想停住，还在碎裂的岩石棱角上犹豫着，但随后就大团大团地卷起雾花落了下去。

胖子不能再说话，他不得不转过身子，消失在轰鸣而湍急的瀑布里。

知道了这么多趣事的我，站在岸边看着。"我们的肺应该做什么，"我喊着叫着，"它们若呼吸得快，就会因自身、因体内中毒而窒息；如果呼吸得慢，它们则会因不能呼吸的空气和令人气恼的东西而窒息。如果它们想找好呼吸的速度，那么在寻找的过程中就会灭亡。"

这时，河岸无限延伸，我的手掌触到了远处一个非常小的路标的铁牌。这事令我无法理解。因为我个子很矮,比一般人矮,一丛快速晃动的有白色无花果的灌木也高过了我。这我看见了,因为那丛灌木刚刚还在我旁边。

但是,尽管如此,我还是弄错了,因为我的胳膊像连阴雨的乌云一样大,只不过我的胳膊动作更急促。我不知道,它们为什么想压碎我可怜的脑袋。

我的脑袋是那么小,像一个蚂蚁卵,它只不过受了点儿损伤,不那么浑圆了。我转动它,做出请求的表示,因为我的眼睛太小,它们表示的意思是不会被注意到的。

可是我的双腿,我那不像话的腿放在树木茂盛的山上,遮盖着遍布着村庄的山谷。它们长着,长着!它们已经伸到了没有自然风景的地方,它们的长度早已超出了我的目力所及的范围。

但是,不,不是这样的,——我个头很小,暂时很小,——我滚动着,我滚动着,我是山中的雪崩！路过的人们，请你们告诉我，我有多高，请你们量量我的胳膊，我的腿。

**Ⅲ**

"这是怎么回事，"我的相识说，他跟我从聚会中出来，在劳伦奇山的一条路上安静地走在我身边，"您停一下，让我弄明白是怎么回事。——您知道吗，我有一件事要办。这事很艰难，——这个寒冷又明亮的夜，这心怀不满的风，它有时甚至好像要改变那合欢树的位置。"

园丁的房屋在月光下的影子，投在略微隆起的路上，点缀着少许白雪。当我看见门边的长凳时，我抬手指了指它，因为我没有勇气，怕有人会指责我，所以把左手放在胸前。

他毫不顾及那漂亮的衣服，厌烦地坐了下来，他用胳膊肘支在胯上，前额放在弯曲的指尖里，这使我大吃一惊。

"好了，现在我要说这件事了。您知道，我

生活有规律，无可指摘，所有必需的、值得称道的事都做了。我交往的那个圈子中人们所习惯的不幸，我也未能幸免，这一点，我周围的人和我都满意地看到了，就连那种一般的幸福也没有抛弃我，所以我可以在小范围内谈论它。在此之前，我从来没有恋爱过。我有时觉得很遗憾，但必要时，我也使用那种说话方式。不过现在我要说：是的，我恋爱了，而且因为恋爱而万分激动。我是个感情热烈的情人，姑娘们都喜欢。但我是否应该想想，恰恰是这一从前的不足，给我的情况带来了独特的、有趣的、特别有趣的转变呢？"

"安静，安静，"我漠不关心地说着，只想着我自己，"我听说，您的恋人很漂亮。"

"是的，她很漂亮。当我坐在她身边时，我就只想：'这种冒险——我这么大胆——那么我去航海——成加仑地喝酒。'但是，她笑的时候，并不像人们期望的那样露出牙齿，人们只能看见那黑洞洞的、又窄又弯的、张开的嘴。就算她笑的时候往后仰着头，看上去仍是奸诈狡猾、老态龙钟。"

"我不能否认，"我叹着气说，"我可能也看见过，因为那肯定很显眼。但不仅是这些。姑娘的整体美丽！我经常看见有很多褶裥和饰物的衣裙，合适地穿在美丽的身体上，于是我就想，它们不会长时间保持这样的，它们会起褶，不再这么平整，会落上灰尘，厚厚地落在饰物上，拂不去，没有人会让自己这么可悲又可笑地每天早晨穿上这贵重的衣服，晚上又脱下它。不过我也见过有的姑娘，她们漂亮，有着迷人的肌肉和小腿，紧绷绷的皮肤和细密的头发，可她们每天都穿戴着同样一套自然的面具服装，总把同一张脸放在同样的手掌中，照她们的镜子。只是有时候，晚上，当她们从一个聚会晚归时，她们会在镜子里看到，她们的面具已经用旧了，肿胀了，落满灰尘，被所有人看过，不能再戴了。"

"但是，我在路上好几次问您，是否觉得那个姑娘漂亮，可您总是把头转向另一边，不回答我。您说，您是不是有什么恶毒的打算？您为什么不安慰我？"

我把脚伸进阴影里，专注地说："您用不着安慰。您不是被爱着吗。"说话时，我用我那有蓝色葡萄图案的手帕挡在嘴前，免得着凉。

这时，他转向我，把他那肥胖的脸靠在长椅低矮的靠背上："您知道，总的来说我还有时间，我还可以结束这段刚开始的爱情，通过一件丢脸的事、通过不忠行为或者用动身到一个遥远的地方旅行的方法。因为，真的，我非常怀疑，我是否应该投入到这种激情中去。这不是什么保险的事，没有人能肯定地断定它的发展方向和持续时间。我如果抱着喝醉的意图进一家酒馆，那我就知道，这个晚上，我肯定会喝醉，可是我现在这种状况！一个星期后，我们想和一家朋友去郊游，这不会使内心深处产生十四天长的激烈斗争。今晚的吻让我昏昏欲睡，所以能给梦提供无限驰骋的空间。我抵住了这种诱惑，夜间出来散散步，于是成了这样，我情绪激动，无法安定下来，我的脸忽凉忽热像被风吹了似的，我不得不总摸口袋里的一根玫瑰色带子，为我自己忧心忡忡，但又不能弄清楚到底为什么担心，我甚至还容忍您，我的先生，往常，我决不会跟您聊这么长时间。"

我觉得有些冷，天色已经有点儿泛白了。"这种情况下，丢脸的事、不忠的行为或远途旅行都没有用。您肯定得自杀。"我说，还微笑着。

我们对面，大道另一边，有两棵矮灌木，树后的下面是城市。城里还有些许灯光。

"好，"他大声喊道，还挥起他那结实的小拳头捶打着长椅，不过随即就停止了，"可您活着，您不自杀。没人爱您。您什么也无法实现。您不能掌握下一个时刻。所以您这样跟我说话，您这个卑鄙的人。您不能爱,除了恐惧,没有什么能使您激动。您看,我的胸膛。"

于是,他飞快地解开他的外衣、背心和衬衫。他的胸膛真的宽阔而优美。

我开始讲述:"是的,我们有时会遇到这种不顺利的情况。比如今年夏天我在一个村子里。村子位于一条河边。我记得很清楚。我经常斜坐在岸边的长椅上。那儿也有一个沙滩旅馆。常常可以听到那里的小提琴声。健壮的年轻人在花园里喝着啤酒,谈论着打猎和冒险的经历。而河的另一岸是云雾般的山峦。"

这时,我站起身来,嘴疲惫地撇着,我转到长椅后的草坪上,还踩断了几根修剪下来的小树枝,然后,我咬着我的相识的耳朵小声说:"我订婚了,我承认。"我的相识对我站起身来并不感到惊奇:"您订婚了?"他的确是万分虚弱地坐在那里,只靠长椅的靠背支撑着。然后,他摘下帽子,我看见了他的头发,他的头发散发出好闻的味道，梳理得整整齐齐，从圆圆的头一直到脖子，最底下形成一条弧线，这是今年冬天流行的发型。

我很高兴自己给了他一个这么机智的回答。"是的，"我对自己说，"他在聚会中脖子灵活，手臂自如。他会与一位女士愉快地交谈着从大厅中央走过，而且，不论屋外下雨，还是那儿站着一个腼腆的人，或者发生了任何不愉快的事，都不会使他不安。不，不论发生什么，他都会同样优雅地向女士们鞠躬致意。可是，他现在坐在那儿。"

我的相识用一块麻纱手帕擦着额头。"请，"他说，"请您把您的手放到我额头上一会儿。我请求您。"我没有马上照他说的做，于是他合拢双手求我。

似乎我们的忧虑使一切变得暗淡了，我们坐在山顶上，就像在一间小屋里，尽管我们刚才已经感觉到了清晨的阳光和微风。我们离得很近,尽管我们彼此不喜欢,而且,我们不能隔得太远,因为四周的墙严密而坚固。但是,我们可以举止可笑,毫无人的尊严,因为在头顶的树枝和对面的树木面前,我们不必害羞。

这时,我的相识毫不迟疑地从他的口袋里掏出一把刀子,若有所思地打开它,然后像是玩游戏一样,把它捅进自己的左上臂,不拔出来。血立刻涌了出来。他那圆圆的面颊煞白。我把刀子拔出来,割开大衣和燕尾服的袖子,撕开衬衣袖子。然后,我又沿着路往前后各跑了一段,看看是否有人能帮我。所有树枝都清晰可见,它们纹丝不动。然后,我在深深的伤口上吸了一会儿。这时,我想起了园丁的小屋。我沿着台阶往上跑,台阶通向小屋左侧那片略高的草坪,我急匆匆地察看了门窗,恼怒地按铃跺脚,尽管我一眼就看出,那房子没人住。之后,我又察看伤口,它汩汩地流着血。我把他的手绢在雪地中弄湿,笨手笨脚地包扎他的胳膊。

"你，亲爱的，亲爱的，"我说，"你是为我把自己弄伤的。你的处境那么好，周围都是好人，大白天，如果桌子间远处近处或山路上有许多穿着讲究的人，你就可以去散步。你只要记着春天时，我们要去森林公园，不，不是我们要去，可惜这是真的，但是你和你的小安娜会高兴得蹦蹦跳跳着去的。噢，是的，我请你相信我，阳光会让你们以最美的形象出现在所有人面前的。噢，那是音乐，远处传来马的嘶鸣声，不必再有忧虑，林阴道上是喊叫声和手摇风琴的声音。"

"上帝啊，"他说着，站起来，靠在我身上，我们走着，"没有用。这不能使我高兴。请您原谅。已经很晚了吗？也许我应该明天早上做些什么。上帝啊。"

围墙附近的一盏灯还高高地亮着，把树干的影子投在路上和白雪上，而各种各样的树枝的影子则像断了一样，弯弯曲曲地落在山坡上。

（二稿）

I

十二点左右，就有几个人站起来，躬身致意，互相伸出手来，说着过得非常愉快，然后穿过高大的门框来到前厅穿外衣。女主人站在屋子中间，灵活地向各处欠身致意，她裙子上不自然的褶子随之晃动。

我坐在一张由三条可折叠的细腿支撑的小桌旁，正在呷第三小杯甜药酒，同时打量着我那一小堆小点心，那是我自己挑选并摞起来的。

这时，我看见我的新相识有些衣冠不整、手足无措地出现在隔壁一间房的门柱边，但是我想把目光移开，因为这与我无关。然而他却朝我走来，心不在焉地对我做的事笑了笑，用颤抖的声音说：

"请您原谅我来找您。但是，我和我的姑娘

一直单独坐在隔壁一个房间里。从十点半开始。天哪,这是一个美妙的晚上。我知道,我跟您说这事不太合适,因为我们彼此不认识。不是吗,今晚我们在楼梯上遇到了,作为这家的客人,我们互相交谈了几句客套话。可是现在——但您必须——我请求您——原谅我,我不能把我的幸福憋在心里,我没办法。由于这里没有其他我可以信赖的熟人——"

我难过地看着他,——因为我嘴里那块果料点心味道并不太好——冲着他那涨得通红的脸说:

"您觉得我值得信赖,当然让我很高兴,但您向我吐露心里话,却使我不满意。而且您自己——要是您不这么糊涂的话——也会感觉到,向一个独自坐着喝酒的人讲述一个正在恋爱的姑娘,是多么不合适。"

我说完,他便一屁股坐下来,身子往后一靠,两只胳膊垂下来。然后,他又支起胳膊肘,

把胳膊收回来,开始相当大声地自顾自讲起来:

"就在刚才,那间屋里只有我们两个人,小安娜和我,我吻她了 —— 我 —— 吻了 —— 她的嘴唇,她的耳朵,她的肩膀 —— 我主上帝啊!"

几位客人猜到这里正进行一场热烈的谈话,就打着哈欠向我们靠近了一些。于是我站起来,用所有人都能听到的声音说:

"好吧,如果您愿意,我就一起去,不过,我的意见还是,现在,在冬天的夜里上劳伦奇山是愚蠢的。而且天气变冷了,还下了一点雪,所以外面的路像冰道一样滑。不过,随您的便 ——"

他先是吃惊地看着我,那湿漉漉的嘴唇张开着;继而,当他看到那几位已经站在周围的先生时,便笑了,站起来说:

"噢,是的,冷点儿好,我们的衣服里都是热气和烟味儿,我尽管喝得不多,可能也有点儿醉了，对，我们去告别，然后就走。"

于是，我们走到女主人面前，当他吻她的手时，她说：

"噢，不，您今天看上去这么幸福，这真让我高兴。"

她这番话的好意打动了他，他又吻了吻她的手；她笑了。我不得不拉走他。

前厅里站着一个侍女，我们现在是第一次见到她。她帮我们穿上外衣，然后拿上一个小手电，准备给我们照亮楼梯。她的脖颈裸露着，只是在下巴下面系着一条黑丝绒带子，当她在我们前面下楼梯，向下照着手电时，她那宽松衣服里的身体弯着，又不时地伸展开。因为刚喝过酒，所以她脸颊泛红，在充满了整个楼梯间那昏暗的手电光中，她的双唇颤抖着。

在楼梯下，她把手电放在台阶上，朝我的相识迈了一步，拥抱并亲吻他，没有松开。直到我把一枚硬币放到她手里，她才懒洋洋地松开他，慢吞吞地打开那扇小门，让我们走进黑夜。

被均匀照亮的空旷街道上方，一轮巨大的月亮挂在由于有些许云彩而显得更加广阔的天空。在冻结了的雪地上，只能迈小步走。

我们刚一来到外面，我的情绪就立刻变得明显地极其兴奋。我踢着腿，让关节响着，我朝巷子里喊着一个名字，仿佛一个朋友从我这儿溜走跑到拐角后去了，我跳着把帽子高高抛起，然后大叫着接住它。

我的相识却漠不关心地在我身边走着。他低着头，也不说话。

我觉得奇怪，因为我估计，如果我带他离开那群人，他的快乐会使他发狂。现在连我也变得安静了。我刚才在他背上兴奋地拍了一掌，就突然觉得不理解他的状态，于是收回了手。由于我用不着手，就干脆插进大衣口袋里。

我们就这么默默地走着。我注意地听我们的脚步声，不明白为什么我不可能和我的相识步伐一致。这时,空气清新,我能清楚地看见他的腿。偶尔有人靠在窗户上看我们。

当我们走上费尔迪南街时,我发现,我的相识哼起了《美元公主》中的一首曲子;声音非常小,但我听得非常清楚。这算怎么回事? 他想侮辱我吗? 这样的话,我可以立刻放弃这音乐,另外还有整个这次散步。他为什么不和我说话? 如果他不需要我,那他当时为什么来找我,让我留在温暖的屋里,喝着甜药酒,吃着小甜点。我真的不是争着非要来散步不可。另外,我也可以一个人来散步。我刚才在一群人中间,把一个忘恩负义的年轻人从窘境中解救出来,现在在月光下漫步。这也行。白天工作,晚上聚会,夜间在巷子里走走,没有任何出格的事。这本身就是一种无拘无束的生活方式!

不,我的相识还走在我后面,当他发现他落在了后面时,就加快了步伐。没有人说话,人们也不能说我们在走路。我却在考虑,我是否拐进一条小巷更好，因为从根本上来说我没有义务跟别人共同散步。我可以独自回家，没有人能阻止我。我将会看到，我的相识一无所知地走过我的小巷口。再见，亲爱的相识。我到家时，会感到我的房间里很温暖，我会点燃立在桌上铁架子上的灯，做完这事之后，我会坐进我那把放在破旧的东方地毯上的扶手椅里。多么美好的景象！为什么不呢？可是然后呢？没有然后。灯光照在温暖的屋子里，照着我坐在扶手椅里的胸膛上。然后，我的身体会变冷，又要一个人在涂了色的四壁之间和地板上熬时间，——从后墙上挂的那面金框镜子里看去，那地板显得是下斜的。

我的两腿累了，我已经决定，无论如何要回家，躺到床上去，这时，我犹豫不决，离开时是否应该跟我的相识道个别。但是我太胆小，不能不打招呼就走，我又太软弱，不能大声告别，所以我又停下来，靠在一面洒满月光的墙上，等着。

我的相识穿过人行道，朝我走来，速度很快，好像要我接住他。他眨了眨眼，为一个什么共识，但我已经忘了。

"怎么了，怎么了？"我问。

"没什么，"他说，"我只想问问您对那个侍女的意见，那个我在过道里吻过的侍女。那个姑娘是谁？您以前见过她吗？没有？我也没见过。她真的只是个侍女吗？她在我们前面下楼梯时，我就想问您。"

"她是个侍女，而且还不是个头等侍女，这我一看她那通红的手就看出来了，当我把钱塞到她手里时，我感觉到她那粗硬的皮肤。"

"可是这只能证明，她干这个工作已经有一段时间了，这我也相信。"

"您可能是对的。在当时那么昏暗的灯光下，不可能把一切分辨得很清楚，我也觉得她的脸像我认识的一个军官的不太年轻的女儿。"

"我没觉得。"他说。

"这不能阻止我回家;已经很晚了,我明天早上还得上班;是可以在那里睡觉,但那是不对的。"说着,我伸出手向他告别。

"噢,这么凉的手,"他喊道,"我可不想带着这样的手回家。我亲爱的,您当时真该让她吻一下,您错过了,不过您以后可以补上。可是睡觉?在这样的夜晚?您想起什么了?您想想,要是独自一人在他的床上睡觉,会用被子闷死多少快乐的想法,又会用它温暖多少噩梦。"

"我既不闷死也不温暖什么。"我说。

"您就别管我了,您是个滑稽演员。"他结束了谈话。同时,他开始继续走,我跟着他,自己并没有发觉,因为我还在想他的话。

我觉得,从他的话里能看出,我的相识猜测我身上具有什么东西,尽管我并不具备这种东西,但是,由于他的猜测,已经使我引起了他的重视。还好,我没有回家。谁知道呢,这个人，这个现在在我身边，在寒冷中嘴里呼出白气的人，也许能在别人面前给予我很高的评价，而用不着我自己去争取。可千万别让那些姑娘给我把他毁了！她们可以亲吻他、搂抱他，那是她们的义务，他的权利，但是她们不能从我这儿拐走他。要是愿意这么说的话，她们亲吻他时，也就亲吻了我一点儿；用嘴角，有那么一点儿；但是，她们要是拐骗他，就是把他从我这里偷走了。而他应该永远待在我身边，永远，如果不是我，谁能保护他呢。他那么笨。二月天，如果有人对他说：你，上劳伦奇山，那他就跟着去。他要是现在摔了怎么办，他要是着凉了怎么办，要是有嫉妒的人从邮政巷跑出来袭击他怎么办？那我会怎么样，我是否该被抛出这个世界？我想看到这个，不，他将不再能摆脱我。

明天他会和安娜小姐谈话；开始当然是谈些平常的事，但突然，他会忍不住地说：昨天，小安娜，夜里，我们的聚会之后，你知道，我跟一个人在一起,你肯定从没见过他。他看上去——我该怎么描述他呢——他看上去像根摇摇晃晃的棍子,上面挑着一颗长着黑发的脑袋。他的身体上挂着许多很小的、暗黄色的布料,这些布料昨天把他完全盖住了,因为夜里没有风,布都贴着他的身体。怎么,小安娜,你没胃口了?是的,这是我的错,是我没把这一切讲述好。你要是看见他就好了,他那么怯生生地走在我身边,他看着我恋爱,那也不是什么艺术品,为了不打扰我恋爱,他独自走出去一大截。我觉得,小安娜,你可能有点儿笑他,有点儿害怕,我却喜欢有他在。因为,你当时在哪儿,小安娜?你在你的床上,而非洲都不会比你的床更遥远。有时候,我真觉得,随着他那扁平的胸脯的呼吸起伏,繁星密布的天空会上升。你觉得我夸张了吗?没有,小安娜;以我的灵魂发誓,没有;以我那属于你的灵魂发誓,没有。

我丝毫不让我的相识——这时，我们刚刚走上弗兰茨恩码头——停止羞愧，他在这种谈话中，肯定也会感觉到羞愧。只不过我的想法当时有些混杂，因为莫尔多瓦河以及河对岸的城区同样笼罩在黑暗中。只有几点灯光在闪烁，跟看着它们的眼睛戏耍。

我们穿过马路，来到河岸栏杆边停下来。我找到一棵树，靠上去。因为水面吹来的风很凉，我戴上手套，像人们在傍晚的河边可能会做的那样，无缘无故地叹了口气，然后，我想继续走。但是我的相识望着河水，一动不动。然后，他更靠近栏杆，把胳膊肘支在铁杆上，额头埋进手掌里。怎么了？我感到冷，不得不把大衣领子竖起来。我的相识伸展身子、后背、肩膀和脖子，把本来靠在弯曲的胳膊上的上身伸到栏杆上面。

"回忆，是不是？"我说，"是啊，回忆过去本身就是悲伤的，就像回忆的对象！如果您完全沉浸到这种事里去，那对您和对我都没有好处。这样，人们会削弱他现在的位置——不会有任何事情比这更明白——，而以前的位置也不会得到加强，更不用说，加强以前的位置已毫无必要。您以为我没有回忆吗？您有一个，我就有十个。比如现在，我就能回忆起，我坐在L城的一条长椅上。那是一个傍晚，也是在河边，当然是夏天。我有个习惯，在这样的傍晚，把腿收回盘起来。我把头靠在长椅的木靠背上，望着对岸云层般的山峦。河畔旅馆中传出轻柔的小提琴声。两岸不时有冒出闪亮烟雾的火车慢吞吞地驶过。"

我的相识打断我，他突然转过身来，看上去对我还在这里感到很吃惊。"我还能讲得更多。"我说，然后不再说了。

"您以为，事情总是这样，并且只是这样的，"他开始说，"当我今天下楼梯，想在去聚会之前再去散会儿步时，我惊奇地发现，我发红的双手在衣袖里晃来晃去，异常快活。当时我就想：等着吧，今天会有什么事。果然。"他说这话时，已经往前走了，微笑着用大眼睛看着我。

我已经做到这一步了。他可以跟我讲这些事，还微笑着用大眼睛看着我。我呢，我必须控制住自己，不把胳膊搭到他肩上，不去亲吻他的眼睛，作为对他可以不需要我的奖励。最糟糕的是，就连这也无法损害什么，因为它不能改变什么，因为我现在一定要走，无论如何要走。

当我还在想办法至少能在我的相识身边待一会儿时，我突然想到，我顾长的身材可能会使他觉得不舒服，在我身边他自己会觉得显得太矮。这种情形非常折磨我——尽管现在是夜里，我们几乎遇不到任何人——所以我弓着背，直到走路时两手都触到膝盖了。为了不让我的相识发觉我的意图，我只是非常缓慢地改变我的姿态，并试图将他的注意力从我身上引开，为此，我甚至让他转过身子，面朝河，伸长手指给他看安全岛上的树和桥上路灯在河中的倒影。

但他突然转身，看着我——我还没全部完成我的动作——说："这是怎么回事？ 您整个伛偻着！ 您在干什么呢？"

"没错，"我说，我的头靠在他的裤缝边，所以我不能好好朝上看，"您的眼睛真尖！"

"哎哟！ 您站起来！ 这种蠢事！"

"不，"我说，同时看着近处的地面，"我是什么样，就什么样。"

"我不得不说，您真会惹人生气。您留在这儿是多余的！ 您停止吧！"

"您这么大声嚷嚷！ 在这安静的夜里。"我说。

"另外，完全随您的便。"他还补充道，过了一小会儿说："现在是差一刻一点。"他显然是从磨房塔楼的钟上看的时间。

我像是被人拽着头发揪起来似的站在那里。有一小会儿,我张着嘴,好让不安通过嘴离开我。我明白他的意思,他在打发我走。他身边没有我的位置了,就算可能有一个,那也至少找不到了。我为什么顺便说出了,非要待在他身边不可。不,我只想走——而且马上——去找我的亲戚、朋友,他们已经在等我了。如果我没有亲戚、朋友,那我就得自己帮自己离开(抱怨有什么用!),我只是不能放慢离开这里的速度。因为,在他身边,没有什么能帮我了,我颀长的身材、我的胃口、我冰凉的手,都不行。如果我的看法是,我必须待在他身边,那这就是个危险的看法。

"我并不需要您的通知。"我说,事实上也是这样的。

"谢天谢地,您终于站直了。我只不过是说,现在差一刻一点。"

"好了，"我说，把两个指甲塞进我正打冷战的牙齿缝隙间，"如果我连您的通知都不需要，那就更不需要解释了。除了您的慈悲，我什么都不需要。我请求您，请您收回您说过的话！"

"收回差一刻一点？非常乐意，而且早已过了差一刻。"

他举起右胳膊，手抖动着，倾听袖口金属链的响动。

这时，月亮显然出来了。我将待在他身边，而他肯定在口袋里抓着刀柄，沿着大衣往上移动刀子，然后向我捅来。他不太可能对此事如此容易感到惊讶，不过也可能会，谁能知道呢。我不会喊的，我只会看他，直到我的眼睛坚持不住。

"怎么了？"他说。

远处一家镶着黑色玻璃的咖啡店前，一个警察正像滑冰一样在石子路上遛来遛去。他的马刀妨碍他，他于是把它拿在手里，往前走了一大段,在路尽头,他几乎是绕了个大弯才转过身来。终于,他低低地欢呼了一声,脑子里想着曲调,又开始遛来遛去。

就是这个警察,这个距离一桩马上就要发生的谋杀只有二十步远,但却只看见和听见自己的警察,才让我感到一种恐惧。我确定,我肯定完了,不管我是束手让自己被捅死还是跑掉。跑掉是否比遭受这种繁琐的,也就是痛苦的死法更好。眼下,我手头没有理由证明这种死法的优点,但是,我不能用寻找理由来度过我剩下的最后时刻。以后,如果我只能做出这个决定,那还有时间找理由,现在,我有了决定。

我必须跑开。这很容易。现在,向左拐上卡尔大桥时,我可以向右跑进卡尔街。这是一条弯弯曲曲的小巷,里面有一些昏暗的门洞和还开着门的酒馆;我用不着绝望。

当我们从码头尽头的桥拱下走上天主十字广场时,我张开双臂跑进小巷。可是,在神学院的一个小门前，我摔倒了，因为那儿有一个台阶，这我没想到。我发出了一些响动，下一个路灯还离得很远，我趴在黑暗中。

从对面一个酒馆里走出一个肥胖的女人，提着一盏小灯，想看看巷子里发生了什么事。里面弹钢琴的声音变小了，因为弹钢琴的人转身朝门外看着，刚才一直半开的门，现在被一个大衣一直扣到脖子的男人完全打开了。他吐了一口痰，把那女人紧紧搂在怀里，她不得不把小灯举起来，以防碰坏。"什么事也没有。"他朝屋里喊道，接着，他们转过身去，走进屋里，门又关上了。

我试着站起来，又摔倒了。"冰面太滑。"我说，同时感觉到膝盖一阵疼痛。但我仍然很高兴，因为酒馆里的人没看见我，我可以在这儿静静地躺到天亮。

我的相识肯定是一个人走到桥上，也没有察觉到我的不辞而别，因为他过了一阵才到我跟前。我没有发现,当他朝我弯下身子——他像条鬣狗一样,几乎只低下脖子——伸出柔软的手抚摩我时,脸上不无惊讶。他来回抚摩着我的面颊,然后把手掌放到我的额头上:"您摔疼了,是吧?冰面很滑,要小心——不是您自己跟我说的吗?头疼吗?不疼?噢,膝盖疼,是这样。这不好。"

但我并没有想到要站起来。我把头支在右手上——胳膊肘支在路面的石子上——说:"现在我们又在一起了。"因为我又感觉到那种恐惧,于是我用双手推着他的胫骨,想推走他。"走开,走开。"我边推边说。

他双手插在口袋里,望着空荡荡的巷子,然后又望着神学院,之后又看着天空。终于,当附近的一条巷子里一辆车隆隆驶过时,他想起了我:"您为什么不说话呢,亲爱的;您不舒服吗?您为什么不站起来呢?要我找辆车吗?如果您愿意,我从酒馆里给您弄点儿酒来。但是您不许这么躺着,这儿很冷。我们不是还要去劳伦奇山嘛。"

"当然。"我说着自己站起来,但身上疼得要命。我摇摇晃晃,不得不死死盯住卡尔四世的立像,才能确定自己站立的位置。可是,就连这也差点儿帮不了我,要不是我突然想起,我被一个脖子上围着丝绒带的姑娘爱过,尽管不热烈,但忠诚。月亮真好,它也照着我,出于谦卑,我想站到桥头堡支柱拱穹下去,这时我看出,月亮照耀一切只是非常自然的事。所以我快乐地伸展双臂,尽情享受月亮。—— 这时,当我用懒散的双臂做着游泳的动作,毫不疼痛、毫不费力地前行时,我感到轻松了。我以前怎么从来没试过! 我的头躺在凉爽的空气中,恰恰是我的右腿飞行得最好,我敲了敲它,以示表扬。我想起来,我曾经不太能容忍一个熟人,他可能现在还在我下边走着,整个这件事情让我高兴的是,我的记性这么好,还记得这些事。

不过,我不能想这么多,我还得继续游,我不想潜得太深。但是,为了避免以后人们对我说,在石子路上谁都能游泳,这不值一提,我便加快速度,跃上栏杆,环绕着我遇到的每一个圣者雕像游泳。

到第五个雕像的时候——我正以察觉不到的划水动作在石子路上方游动——我的相识抓住了我的手。于是,我又站到石子路上,感到膝盖一阵疼痛。

"一直,"我的相识一手拉住我,另一只手指着圣女鲁德米拉的雕像说,"我曾一直对这个天使的双手赞赏不已,左边这个。您看,它们多么柔嫩!您见过类似的吗?您没见过,可我见过,因为我今天晚上吻过手了——"

对我来说,这时有了第三种完蛋的可能性。我用不着被捅死,也用不着跑开,我可以干脆跳到空气中去。让他上他的劳伦奇山去吧,我不会打扰他,甚至不会用跑开来打扰他。

于是我喊道:"开始讲故事吧！我不想再零零碎碎地听了。您把一切都讲给我听,从头至尾。少一点儿我都不听,我告诉您。但我迫不及待地要听全部。"

当他看着我时,我不这么叫喊了。"您可以放心,我会保持沉默的！把您心里的一切都说出来吧。您还从未有过像我这么沉默的听众呢。"

靠近他的耳朵,我小声说:"您不必害怕我,这真的是多余的。"

我听见他还在笑。

## II
### 1.

我已经——敏捷地,好像这不是第一次似的——跳到我的相识的肩膀上,用拳头捅他的背,使他慢步小跑起来。但当他稍有不情愿,踏着步子,有时甚至停下来时,我就用靴子戳几下他的肚子,好让他更有精神。这样做卓有成效，很快，我们就深入到一个很大的，但还未完成的地带内部。

我骑行于上面的公路上石头很多，而且非常陡，可是这正合我意，我还让它变得石头更多些，更陡些。只要我的相识步履一踉跄，我就揪住他的头发往上提，他一叹气，我就给他脑袋几拳。与此同时，我感觉到，这种在清新空气中的骑游对我的健康是多么有益，为了使之更狂放，我让一股劲风长久地迎面吹着我们。

现在，我又在我的相识那宽大的肩膀上夸张地做着骑马的跳跃动作，我双手紧紧抓住他的脖子，头使劲往后仰着，看着那形形色色的云，它们比我更软弱，慢腾腾地随风飘浮。我大笑，为我的勇敢而战栗。我的大衣在风中展开，给了我力量。同时，我的双手用力撑在一起，不过这样就掐得我的相识透不过气来。

我让路边长出树木，弯曲的树枝渐渐遮住了天空，这时，我才开始思索。

"我不知道,"我无声无息地喊道,"我不知道。要是没人来,那就没人来好了。我没有对任何人做过坏事,也没有人对我做过坏事,但是,没有人愿意帮助我,真的没有人。可是不是这样的。只是没有人帮助我,否则,没有人真是太好了,我非常愿意(您对此有何看法?)跟一群没有人出去郊游。当然是去山里,还能去哪儿呢?这群没有人相互拥挤着,那许多横伸或相挽的胳膊,那许多被小碎步分隔开的脚!大家都穿着燕尾服,这是不言而喻的。我们懒懒散散地走着,一股清风穿过我们的身体和我们的四肢间的空隙。在山里,嗓子变得毫无束缚。奇怪,我们都不唱歌。"

这时,我的相识倒下了,当我检查他时,发现他的膝盖受了重伤。因为他对我不再有用,我便把他丢在石头上,用口哨从空中招来几只老鹰,它们长着严厉的尖嘴,顺从地落到他身上,守护着他。

## 2.

我无忧无虑地继续走着。但是,因为我是步行,担心走起伏不平的山路太累,所以我让路变得越来越平坦,最后在远方通向一个低处的山谷。按照我的意志,石头都消失了,风也停了。

我快步走着,因为我是下山,所以我仰着头,挺直了身子,胳膊放在脑后。我喜欢杉树林,所以我穿行于杉树林中,因为我喜欢默默地凝视繁星,所以,在辽阔的天空中,星星也像平时一样,缓慢地为我升起。我看见只有几片扯长了的云,被一阵在同样高度吹动的风拉着穿行于空气中,让散步者大感意外。

在我的路对面相当远的地方,可能与我还隔着一条河,我让一座高山拔地而起,山顶上的平台长满了灌木,与天相连。就连最高的树枝上的枝杈及其摇动,我都能看得很清楚。这个景色,不管它是多么平常,竟让我高兴得像一只在那远处纷乱的灌木枝条上晃动的小鸟，甚至忘了让月亮升起，它已经落到了山后，可能是因为我的拖延生气了。

现在，月亮升起前的那种清冷的光洒满山上，突然，月亮自己从一束晃动的灌木后升上来。而我在此时正朝另一个方向看，当我往前看时，一下子看见它那几乎浑圆的球体散发着光亮，这时，我的眼睛模糊不清，我停了下来，因为我这条很陡的下坡路似乎正是通向那个可怕的月亮的。

但过了一小会儿，我就习惯了它，我沉思地看着它，看它升上来是多么艰难，一直到我和它相向走了一大段路，我感到一阵强烈的困倦，我觉得，这是由于这次不寻常的散步太累造成的。有一小段时间，我闭着眼睛走，我只能靠有规律地大声拍手让自己保持清醒。

可是后来，当路要从我脚下滑脱，一切都像我一样累得快要消失时，我就加快速度，用尽全部力气攀登路右侧的山坡，想及时到达那片高大纷乱的杉树林，我打算在很可能即将降临的夜里睡在那里。

我加快速度是必要的。没有阴云，星星已经暗了下来，我看见，月亮也像在摇曳的水中，在天空中缓缓下沉。山已经成了黑暗的一部分，公路在我转上山坡的地方破碎般地终结了，我听到，从树林深处传来越来越近的树木倒下的声音。我本来是可以立刻倒在青苔上睡觉的，但是我害怕在林中地上睡觉，所以我——树干在我的腿和胳膊的缠绕间迅速下滑——爬到一棵树上，风虽停了，但那树还在晃，我躺在一个树枝上，头靠着树干，很快就睡着了，此时，一只像我一样快乐的小松鼠正竖着尾巴，坐在晃动的树枝顶端摇晃着。

### 3.

我睡着了，全身心地进入第一个梦里。我

满怀恐惧和痛苦地在梦中辗转反侧，使它无法忍受，但又不能唤醒我，因为，我之所以睡觉，是因为我周围的世界已经结束了。于是，我穿过被拽进深处的梦，像获救了似的 —— 逃离了睡梦 —— 回到我故乡的村庄。

我听到一些车从院子的栅栏前驶过，有时还能透过树叶间的缝隙看见它们。在那炎热的夏天，木质的车辐和辕子发出了多么大的轰鸣声啊！劳动者从地里回来，笑着说这真丢脸。

我坐在我们的小秋千上，正在我父母花园里的树间休息。

这一切在栅栏前没有停止。孩子们跑着，一转眼就过去了；运粮车上，男男女女坐在粮食垛上，周围的花坛逐渐变暗。傍晚时分，我看见一位先生挂着一根手杖在慢慢散步，几个姑娘手挽手迎面走来，向他打着招呼，走进旁边的草地。

然后，鸟群突然间冲天飞起，我的目光追

随着它们，看见它们在一瞬间升上天空，直到我不再相信是它们在上升，而是我在下降，所以，我紧紧抓住秋千绳子，由于虚弱，开始微微晃动。立刻，我晃动得更厉害了，这时，空气更加凉爽，飞翔的鸟群已不见了踪影，天空出现了闪烁的星星。

烛光下，我开始吃晚餐。我常常把两个胳膊都放到桌面上，疲倦地啃着黄油面包。网眼窗帘被和煦的风吹得鼓起，有时，窗外有人走过，如果他想看见我，和我交谈，就用双手抓住窗帘。这时，蜡烛通常会被吹灭，在黑暗的蜡烛烟中，刚才聚集在一起的蚊子还会再摸不着头脑地乱飞一会儿。如果这时有人从窗边问我话，那么，我看着他的样子，就像是看着远处的群山或是虚无的空气，不过他也不太注意我回答什么。

如果有人跳过窗台告诉我说，其他人已经在房前了，那我就会叹着气站起来。

"不,你为什么这样叹气呢? 出什么事了? 是一个特别的、永远无法弥补的不幸吗? 我们真的不能摆脱它吗? 真的一切都失去了吗?"

什么也没有失去。我们跑到房前。"谢天谢地,你们终于来了! —— 你总是来得晚! —— 为什么是我? —— 就是你,你要是不愿意一起来,就待在家里。—— 不原谅! —— 什么,不原谅? 你怎么说话呢?"

我们用脑袋捅开傍晚。没有白天和夜间时光。有时,我们背心上的扣子像齿轮一样相互摩擦,有时,我们又相互间保持等距离跑着,口中含着火,就像热带的动物。像古代战争中的重骑兵一样重重跺着脚,高高地跳跃着,我们互相追逐着跑出短巷,然后继续跑上乡间公路。有个别人掉进路边沟里,他们刚一消失在黑暗的斜坡后,就已经马上像陌生人一样站在田间小路上,朝这边俯视着。

"你们下来! —— 你们先上来! —— 让你

们把我们扔下来吗，没门儿，我们还不那么傻。——你们是不是想说，你们是胆小鬼。过来，过来！——真是你们？恰恰是你们会把我们扔下来？你们是什么样子？"

我们开始进攻，胸部被撞击，我们躺到路边沟里的草丛中，阵亡了，但心甘情愿。一切都被均匀加热，我们在草丛里既感觉不到温暖，也感觉不到寒冷，只是变得疲倦。

如果人们向右翻转身子，把手放到耳朵下，那就是想入睡。尽管人们还抬起下巴，吃力地想站起来，但却跌入一个更深的沟里。然后，又向前平伸着胳膊，腿被吹歪了，想顶着风前进，但肯定又是掉进一个更深的沟里。人们就这样永不停止。

人们还没想到该如何在最后一个沟里伸展身体，特别是膝盖，真的准备睡觉，只是像病了似的躺着，想要哭。当偶尔有个年轻人，弯起胳膊，脚底漆黑地越过我们头顶从斜坡向公路上跳时，人们就眨眨眼。

这时，人们看到，月亮已经升高了，一辆邮车在月光下驶过。遍地吹起一阵微风，在沟里也能感觉得到，附近的树林开始沙沙作响。此时，人们并不在乎是否独自一人。

"你们在哪儿？——过来！——统统过来！——你躲什么，别再干这没意义的事了！——你们不知道吗，邮车已经过去了？——不！已经过去了？——当然，你睡觉的时候过去的。——我睡觉了？不，怎么会这样！——别吭声，别人能看出来。——噢，我求你了。——过来！"

我们紧挨在一起跑着，有些人还相互拉着手，因为是下坡，所以不能把头扬得太高。一个人喊了一句印第安人打仗时的话，我们的双腿开始以从未有过的速度飞奔，遇到沟坎要跳跃时，风就会托起我们的臀部。没有什么能使我们停下来；我们就这么跑着，直到我们相互超越时自己抄起手来，平静地四处张望。

在无名小溪的桥上，我们停了下来；继续往前跑的人也掉头返回。桥下的流水冲击着石头和树根，仿佛现在还不是晚上。无法解释，为什么没有人跳上桥栏杆。

灌木丛后的远方，驶来一列火车，所有车厢都灯火通明，车窗肯定都放下来了。我们中间的一个开始唱起一首流行小曲，可是我们都想唱。我们唱得比火车开得快得多，因为音量不够，我们就摇晃着胳膊，我们的声音感到吃力，但我们觉得舒服。把自己的声音与别人的混在一起，就像是被一只鱼钩抓住了。

就这样，我们背对着树林唱着，歌声传入远处旅行者的耳中。村里的成年人还醒着，母亲们在为即将来临的夜铺床。

还有时间。我吻了吻站在我身边的那人，同近处的三个人只握了握手，就开始往回跑，没人喊我。在第一个路口，他们已经看不见我了，我又拐上田间小路，继续跑进树林。我匆匆穿过巨大的林区，一会儿是阳光，一会儿是月光，一会儿照在背上，一会儿照在脸上。我奔向那座南方的城市，我们村里谈起它时会说：

"那儿的人哪！你们想想，他们不睡觉！"

"为什么不睡呢？"

"因为他们不会累。"

"那为什么不会累呢？"

"因为他们是傻子。"

"傻子不会累吗？"

"傻子怎么会累呢！"

4.

在那里，有一段时间，我每天都去一座教堂，因为我爱上的一位姑娘每天傍晚都在这里跪祷半小时，这时，我就可以静静地观赏她。

有一次，姑娘没有来，我不耐烦地朝祈祷的人们望去，这时，一个年轻人引起了我的注意,他消瘦的身子整个匍匐在地上。有时,他用尽全身的力气举起头来,又叹息着重重撞进摊在地上的手掌中。

教堂里只有几个老妇人,她们有时把包着头巾的头转向一侧,去看这个祈祷的人。引起了别人的注意看来让他很高兴,因为每次虔诚的祷告爆发前,他的眼睛都四处张望,看看是否有很多人注意他。

这让我觉得不妥,所以决定等他走出教堂时跟他攀谈,问他为什么以这种方式祈祷。因为,自从我来到这个城市,我就认为,弄清事情真相是最重要的,尽管我现在其实在为我的姑娘没来而生气。

但是,他一个小时之后才站起来,长时间地掸他的裤子,以至于我都忍不住想喊:"行了,行了,我们大家都看见你有裤子。"然后认真地画了个十字,像个水手似的,步履沉重地走到圣水盆旁。

我站到圣水盆和大门之间的路上，我非常清楚，他不做解释我是不会放他过去的。我撅着嘴，因为这是我肯定要说话前最好的准备动作。我把重心放在伸出的右腿上，左脚尖漫不经心地点着地，因为我经常感觉到，这能使我坚强。

可是，这个人在往脸上洒圣水时，有可能就已经瞥见我了，也许在此之前，我的目光就已经让他感到忧虑了，因为他现在出乎意料地向大门奔去，并跑了出去。为了截住他，我又往前跃了一大步。玻璃门关上了。当我立即随后跑出门去时，已经看不见他了，因为那里有几条小巷，来往车辆也很多。

之后几天，他没出现，但那个姑娘来了，在侧面一个祈祷厅的角落里祷告。她穿着一件黑色连衣裙，肩部有透明的钩织花边——花边底下是半圆形低胸领口——从花边的下部边缘垂下裁剪细致的丝质领子。因为姑娘来了，我就乐得忘了那个年轻人,而且后来,当他又有规律地来并按照他的习惯祈祷时,我一开始也没顾上为他费心。

但是,他总是突然加快速度从我身边走过,脸扭向一边。然而在祈祷时,他却总是看我。看上去,他似乎生我的气了,因为我那次没跟他说话,而他似乎认为,我既然尝试了要跟他说话,就有义务真的跟他说话。当我在布道后,在昏暗中跟在那个姑娘后面,总是跟他撞在一起时,我觉得我看见他在微笑。

我当然没有跟他说话的义务,但是,我也不再有跟他说话的要求。就连有一次,时钟已经敲响七点,我跑着赶到教堂广场,那个姑娘早已不在教堂,只剩那个年轻人在圣坛的栏杆前不停地费劲祈祷,我还犹豫了一下。

终于,我踮着脚尖悄悄溜到门口,给坐在那儿的瞎乞丐一个硬币,然后挤进他身旁开着的那扇门后。在那里,我为我将带给那祈祷者的意外而兴奋了半个小时之久。但这并没有持续下去。很快,我就不得不恼怒地忍受着蜘蛛在我衣服上爬来爬去,而且,每当有一批人大声喘着气从教堂的暗处走出来,我就得向前探出身子,这很烦人。

他也来了。我发现,刚开始敲响的大钟声让他不舒服。他的脚真正落地之前,总是用脚尖轻轻地探触地面。

我站起来,迈出一大步,就截住了他。"晚上好。"我边说边用我抓在他领子上的手把他推下台阶,走向灯光明亮的广场。

当我们下到广场上时,我还在后面抓着他,他却转过身来,这样,我们就胸贴胸地站着。"您要是能放开我就好了!"他说,"我不知道您怀疑我什么,不过我是无辜的。"然后他又重复了一遍:"我当然不知道,您怀疑我什么。"

"这里既谈不到怀疑,也谈不到无辜。我请求您不要再提这个。我们彼此不认识,我们相识的时间并不比教堂台阶的高度长。要是我们这就开始谈我们的无辜，那结果会是什么呢？"

"我完全同意您的意见，"他说，"另外，您说'我们的无辜'，您的意思是，要是我证明了我的无辜，也就必须证明您的无辜，您是这个意思吗？"

"或者这样，或者是别的，"我说，"您记住，我之所以跟您说话，是因为我想问您点儿事！"

"我想回家。"他说着微微转了一下身。

"这我相信。否则我还会跟您说话吗？您不应该认为，我是因为您漂亮的眼睛才跟您说话的。"

"您是不是太直率了？是吗？"

"还要我再跟您说一遍，这里根本谈不到这些事吗？直率或者不直率又怎么了？我问，您回答，然后再见。之后，您就可以回家了，如您所愿，尽快回家。"

"我们下次再聚，是不是更好？找个合适

的时间? 在咖啡馆,行吗? 另外,您的新娘小姐几分钟前刚走,您还能追上她,她等了好长时间。"

"不,"我冲着驶过的有轨电车发出的嘈杂声喊道,"您躲不过我。我越来越喜欢您。您是我的意外收获。我觉着值得庆幸。"

这时他说:"哦,上帝啊,您就像人们说的,有一颗健康的心和一个榆木脑袋。您说我是意外收获,您会是多高兴啊! 因为我的不幸是一种摇摇欲坠的不幸,一种在一个细小的尖上摇晃的不幸,谁碰它,它就会倒向提问的人。所以:晚安。"

"好,"我说,他感到很意外,我抓住他的右手,"如果您不愿意回答我的问题,那我就要强迫您了。我会跟着您,您去哪儿,我去哪儿,不离左右甚至跟着您上台阶,到您的房间,在您的房间里,我会随便找个地方坐下来。肯定的,您尽管盯着我看吧,我受得了。但是,您怎么会——"我靠近他,因为他比我高出一头,所以我正对着他的脖子说话——"您怎么会有勇气阻止我呢?"

这时,他边往后退,边交替亲吻我的双手,他的泪水打湿了我的双手,"对您,什么也不能拒绝。就像您知道我想回家一样,我也早就知道,我什么也不能拒绝您。我只请求,我们最好去那边的小巷吧。"我点点头,我们朝那里走去。当一辆车把我们隔开,我落到了后面时,他冲我摇动双手,让我快点儿。

但是,尽管小巷里只有相距很远、几乎两层楼高的路灯,他还是对那里的昏暗不满意,他把我带到一座老房子的低矮过道里一盏小灯下,那油灯挂在木台阶前,蜡油不断滴落。

他把他的手绢铺在一阶被踩坏的台阶的低凹处,请我坐下:"您坐着能更好地提问,我站着,这样可以更好地回答。但别折磨我。"

我坐下来,因为他把这事看得这么严肃,

我不得不说:"您把我带到这个窟窿里,好像我们是同谋,而实际上,我和您是通过好奇,您跟我是用畏惧联系在一起的。其实,我只想问您,您为什么在教堂里那样祷告。您在教堂里的举止像什么样子!像个地地道道的傻瓜!多么可笑,让旁观者多么不舒服,让虔诚的教徒觉得无法忍受。"

他的身子紧紧贴在墙上,只有头自由转动着。"完全是误会,因为虔诚的教徒觉得我的举动是非常自然的,而其他人认为我是虔诚。"

"而我的恼怒是对此的反驳。"

"您的恼怒——我们暂且认为这是真的恼怒——只能证明,您既不属于虔诚的教徒,也不属于其他人。"

"您说得对,要是我说,您的举止让我恼怒,那是有点儿夸张;不,还是我开始时说得对,您让我有些好奇。但是您呢,您属于什么人?"

"哦,我只不过觉得被人看着挺高兴,也可

以说，不停地把影子投在圣坛上。"

"高兴？"我问道，我脸上的五官抽到了一起。

"不，如果您想知道的话。我表达得不准确，请您别生气。不是高兴，对我来说，这是一种需求，需要在一小段时间内，让这些目光紧紧捶打我，而我身边的整个城市——"

"您说什么呢，"我喊道，我的喊声对这点儿意见和这低矮的过道来说太大了，但我就怕沉寂减弱我的声音，"真的，您在说什么呢。我现在真的发现，我一开始就已经猜到你是什么状况了。这不是那种发烧吗，那种陆地上的晕船病，一种麻风病吗？您是不是有时候也会因为酷热而不满足于事物的真正名称，会觉得不够，于是匆匆忙忙地给它们安一堆偶然想起的名称。只要快，只要快！但是，您刚一离开它们，就又把它们的名称忘记了。您曾把田野上的杨树称作'巴比伦塔'，因为您不愿意知道，那是一棵杨树,现在,它又没有了名称,在那里摇曳,于是,您又不得不称呼它:'诺亚,看他醉成什么样子了。'"

他打断我说:"我很高兴,没听懂您说的话。"

我生气了,很快地说:"您对此感到高兴,就表明您听懂了。"

"我没有说过吗? 对您,什么也不能拒绝。"

我把双手放到高一些的一级台阶上,身子向后靠,以这种几乎是攻不破的、摔跤运动员们最后一招获胜的姿势说:"请原谅,但您把我给您的解释又用到我身上,这可不够坦率。"

这时,他变得有了勇气。为了使自己的身体协调一致,他双手握在一起,有些勉强地说:"您一开始就已经排除了关于坦率的争论。真的,除了让您理解我祈祷的方式,我什么也不操心了。您知道我为什么要那样祈祷吗?"

他在考我。不,我不知道,也不想知道。

当时我对自己说，我本来也不想来这儿的，但是这个人非逼我听他说。所以我现在只需要摇头，一切都很好，可是此刻，我的头偏偏动不了。

我对面的那个人微笑着。然后他蹲下身子，带着一脸困倦的怪相讲道："现在我终于可以向您透露，我为什么让您跟我搭话。出于好奇和希望。已经很长时间了，您的目光抚慰我。而我希望从您那里知道，我周围的事物总像雪片般纷纷飘落，这到底是怎么回事，因为在别人面前，一个小玻璃酒杯就能像一座纪念碑一样稳稳地立在桌上。"

由于我默不作声，只是面部不由自主地抽搐着，所以他问："您不相信其他人是这样的吗？真的不相信？哦，您听着；我还是孩子的时候，有一次，从短暂的午睡中睁开眼睛，还没完全肯定我是否活着，我听见我妈妈在阳台上用很自然的声调向下问道：'亲爱的，您在干什么呢。这么热的天。'一个女人从花园里答道：

'我在园子里吃茶点。'她们就这么不假思索地说着，而且说得不特别清楚，好像那个女人正等着别人问，而我妈妈也正等着这个回答。"

我觉得我被问倒了，所以我把手伸到裤子后兜去，做出在那里找什么东西的样子。但我什么也没找，我只想改变一下我的样子，以表现出我对这次谈话的关心。同时，我说，这件事的确太奇怪了，我根本不能理解。我还补充说，我不相信这件事是真的，这肯定是他出于某种目的编的，只是我还没看透他的目的。然后，我闭上眼睛，以便避开那恶劣的光线。

"您看，勇敢些，比如这里，您就跟我看法一致，您拦住我告诉我这些，并非出于个人私利。我失去了一个希望，同时又获得了一个。

"不是吗，我身体不挺拔，步伐沉重，不用手杖敲打石子路，没有轻掠那些大声谈笑着擦肩而过的人的衣裙，对此，我为什么要羞愧。相反，我是否应该更有理由抱怨，因为我作为影子，没有界限，沿着房子蹦跳着走，有时会消失在陈列橱窗的玻璃里。

"我度过的是什么日子啊！为什么所有的房子都建得那么差，以致有时高楼会倒塌，而人们根本找不出外部原因。于是，我就得爬过瓦砾堆，问我遇到的每一个人：'怎么会发生这种事！在我们的城市里。——一座新房子，这已经是今天的第几座了！——您想想。'没人能回答我。

"经常有人在巷子里倒下，就死在那儿。这时，所有店主就会打开他们挂满商品的大门，敏捷地跑过来，把死者抬到一所房子里，然后，嘴角和眼中带着微笑走出来，开始说着废话：'日安——天空真苍白——我出售许多头巾——是的，战争。'我匆匆溜进房子，在几次胆怯地抬起弯着一个手指的手之后，我终于敲响了管家的小窗户。'好人，'我说，'我好像觉得刚才有个死人被抬到您这儿了。您能否行行好，让我看看他。'他摇着头，好像不能决定，我又补充道：'您要当心！我是秘密警察，想马上看那个死人。'这时，他不再犹豫不决。'滚出去！'他喊道。'仆人都习惯了每天在这儿爬来爬去！这儿没有死人，可能隔壁有。'我告辞后走了。

"但是后来，如果我要穿过一个大广场，我就会忘记一切。如果人们出于自负就建了这么大一个广场，那为什么不再修建一条贯穿广场的栏杆呢？今天刮西南风。市政厅的塔楼尖画着小圈。所有窗玻璃都哗啦哗啦地响，路灯柱弯得像竹子一样。柱子上圣母马利亚的斗篷缠绕在一起，风撕扯着它。这没人看见吗？本应在石子路上走的先生和女士们飘浮在空中。当风要喘口气时，他们就停下来，互相说几句话，彼此躬身致意，可是，当风又刮起来时，他们无法与之对抗，于是，大家都同时抬起脚来。尽管他们必须紧紧抓住自己的帽子，但他们的眼睛却快乐地四处张望,对天气毫不抱怨。只有我感到害怕。"

对此,我说:"您刚才讲的您母亲和那位花园中妇人的故事,我觉得一点儿都不奇怪。这不仅因为我听过和经历过很多这类事情,而且,我甚至参与过一些。这种事是非常自然的。您真的认为,要是在夏天,当时是我在那个阳台上,我不会问同样的话,不会从花园里做出同样的回答吗?这么平常的一件事!"

我说完这番话,他看上去终于平静下来了。他说,我穿得很漂亮,我的领带他也很喜欢。我的皮肤是那么细腻。当人们要否认已承认的东西时,它们才最清楚明了。

很长时间,我试着让自己高兴起来。我想赶紧说几句话,哪怕只是为了让他的脸离我的远一些。因为他的脸就在我的脸上方,近得使我不得不往后仰着头,否则我的额头就要和他的碰在一起了。但我暂且还张着嘴,不出声地冲他的脸笑着,然后就望向别处,直到笑容隐去,又把目光移回来一次,还是帮不了我,于是,不得不又重新开始笑,又转过头去。在做这一切时,我只想待在自己的床上,面前是墙,其他一切都在背后。

现在,过道里也热起来了,我的脸因此而开始发热。为了让我能轻松一些,我又往后仰了仰头,直到帽子从头上掉了下来。楼梯间的拱顶上绘着粉红色的天使和花朵。我端详着它们,用那只光着的手抹去额头和脸颊上的汗水。

我还想站起来,用我全身的力量推开面前这个人,打开大门,呼吸外面的空气,我非常需要它。我也的确站起来了,鞋跟重重地跺着地面,他双手手掌向前伸着,往后跳了一小步,我抓住木栏杆,在那里活动了一会儿,使自己适应站立的姿势,他却像以前一样,长时间地倒在台阶上,弯着上身,又趴下去,伸出腿去,又把胳膊完全伸展到高一级的台阶上,使左手手指靠墙立着，右手手指敲打着台阶的地面。

我靠在外面的栏杆上，握紧双手堵住自己的嘴。他慢慢在一级台阶的边缘转过头来，直到他能直视我，然后说："你站在那儿就像个码头上的懒蛋，而我像喝醉了似的躺在这儿。"

"这也并不坏。"我想着，抬起头来说："你真让自己舒服。"我的嘴唇干燥得令我难以置信，于是去抓它。

他不理睬我的话，说道："以前正好反过来，只不过我不像你现在这样如此漠不关心地站在那儿。"

我继续我的话题："我说，你真让自己舒服。"同时，被这话逗得笑了起来。

"是不是让你觉得难受了？"他说，并突然闭上眼睛，"如果你觉得难受，就打开门，呼吸一下外面的空气，要是你需要的话。"

"你！"我喊道——这是一种指责——我像在搏斗中，迈着小步，围着栏杆跑着，最后，倒在他身边，才开始在他胸前哭泣。

"好了！好了！"他边说边抚摸着我的头发，"你这个傻瓜，我站不起来！你是不是无论如何也要压死我！不，如果你不是傻瓜的话！"

但是，在急促的哭泣中，我不知道哪儿还有更好的地方放我的脸，所以就让它待在它在的地方。

"你没发现哪！"他继续说，"从一开始，我就想把你弄哭。我说的话里，没有一个字不是为了这个目的，直到我最后几乎要放弃能成功的希望了。于是，我在最后又开了个玩笑，而你真的让我高兴，开始哭了。走开！为你自己去害臊吧！"

"我不再哭了，"我说，并看着他，把下巴支在他身上，"我要是有个像你这样的朋友，我就不会哭。"但我还在哭着，因为我不可能马上停下来。

"这也很傻，"他说，为了能看见我，他把脖子弯得差点儿脱白,他从我手中拿过手绢,替我擦干眼泪,"不满还远不是哭的理由,世界上哪里还能找到不满的理由呢!是什么样,就应该一直是什么样。我万不得已承认的是,害怕会发生变化。"

"因为,你看——我跟你说——我们其实是在造无用的战争机器、塔楼、城墙和丝绸窗帘,要是有时间,我们会对此大感惊讶的。我们保持飘浮,我们不会掉下来,哪怕我们几乎比蝙蝠还要丑陋,我们也要翩翩飞舞。已经没有人能阻止我们在天气好的日子说:'哦,不,这美好的一天!'因为我们已经被安置在我们的地球上了,我们生活在我们共同看法的基础上。"

这时,他给了我背上重重一击,我吓了一跳,抬起身子,非常乐意地弯在他身体上面,双手撑在他腋窝处。"你必须更加当心,"他说着笑起来,把我也带得晃动起来,"你知道了吗,我们这样就像雪中的树?它们看上去只是平躺在地上，好像轻轻踹一脚就能动。其实不然，人们踹不动，因为它们是跟地面紧紧连在一起的。好了，不过，就连这也只是表面现象。"

"不，你看。"我说。这时，他突然用力推开我的双手，我倒下去，嘴碰到他的嘴，立刻就被他吻了一下。

"好了，现在我们走吧。"他说，我们两个人都站起来。

"可是你的母亲！"我还说，"那肯定是个女的！我要是有这样一个母亲就好了！"

"她对我有过什么好处？忘了那个故事吧！"他说着，用我的手绢给我掸去大衣上的土。

"是的，你连这也禁止我吧！"我说着又迈了一步，使他不得不拿着手绢跟在我身后。

"你想干什么？"他说，"那只不过是个虚构的故事。人们从远处就能看出它是虚构的。"

"我知道。"我说。

"你什么也不知道!"他说,"那个你今晚应该去的聚会呢?"

"真的,那个聚会!你以为,我完全忘了那个聚会吗!这种健忘!另外,这种健忘对我来说还是新鲜事。"

"我的功劳!"

"会是的!你至少会陪我去的吧?不远。对吗?"

"当然。"

"还陪我走上去?求你了!"

"这还是不行。"

"为什么不行?如果我苦苦求你呢?那就行了,是吗?"

"先走吧!已经很晚了!"

"我根本不知道,没有你,我还去不去那个聚会。"

"好了,走吧!走!本来就没什么能帮你,因为好像你最喜欢这里。"

"差不多。"我说,咬着下嘴唇,看着他。他用一只胳膊拥着我的背,打开大门,把我先推出去。

于是,我们从过道里出来,来到天空下。我的朋友吹散了几片零散的云彩,这样,我们面前就呈现出完整的星空。他相当吃力地走着,样子却不好看,而是看上去更像个生病的农民。他把手搭到我肩膀上,好像是为了跟我靠得很近,其实是想有个支撑;我容忍了,甚至还拉着他的指尖把他的手往我的肩膀上拽了拽。

在我被邀请参加聚会的那栋房子前,我和他停了下来。

"那么,再见。"我说。

"是这里吗?"

"是,是这里。"

"不太远。"

"我本来就这么说的嘛。"

……

"你,"我说着,并用膝盖撞了他一下,"别睡着了。"当他睁开眼睛时,我的目光从他的脸上四处下滑;不管我如何努力想把目光停留在上部,我总是立刻就看见他的脖子。"你差点儿睡着了。"我说,由于我不想触摸我那漫不经心的脸,但又想怎么能固定住它,所以我就微笑,这样就显得,我所说的,只不过是个玩笑。我马上就发现了这一点,在大衣里感到一阵寒冷,而此时,我并没有失去对黑夜的凉爽和对大衣的温暖的感受。于是,下一个世界在我认出它的那一刻,想从我身边走开,或是从我头上飞走,而我得相信,似乎是我用膝盖那一撞,把它唤醒了。

"你真粗鲁,"他说,他的下嘴唇比上嘴唇略缩进去一些,可能是刚才睡觉的缘故,"他用膝盖弄醒我。你对我总是这么粗鲁。"

"你太敏感了! 真是那么严重吗? 现在,你在大家面前抱怨过我了。那我也得在他们面前露面了。"我转身面向小巷,摘下帽子。

"可你不该撞我。"

"我当然不应该。但是,我要是不叫你,你就睡着了。"

"我是真的睡着了,你连这也看不出来了嘛。"

任卫东 译

**Franz Kafka**
Das erzählerische Werk

Beim Bau der
Chinesischen Mauer

乡村教师

那些人，我就属于此列，那些觉得一只一般的小鼹鼠就非常恶心的人，要看见那只几年前在一个小村子附近被看到的巨鼹，很可能会恶心得要死，那个村子也曾因此而名噪一时。现在，这个村子当然又早已被遗忘了，只能分享整个这一现象的不光彩，这个现象，到现在还根本未被解释清楚，不过人们也没有太花费精力去解释它，那些本来该关心此事的人，实际上却把精力花费在一些非常微不足道的事情上，于是，由于这些人令人费解的松懈，这一现象就未经进一步调查而被忘记了。对此，村子远离铁路也绝不能成为借口，许多人出于好奇而从远方，甚至从国外赶来，只有那些本该表现出比好奇更多的兴趣的人没有来。是的，要不是那一个个最普通的人，那些被日常劳作压得不能舒舒服服喘口气的人，要不是他们无私地关心这件事，那么，关于这一现象的传言很可能根本传不出临近的地区。这里，必须承认，就连通常根本阻挡不住的传言，在这件事上恰恰步履艰难，如果不是强硬地推动它，它就不会传播开。但是，这也不是对此事置之不理的理由，相反，对这一现象也本应该进行调查。然而，人们把对此事的惟一文字记录工作委托给年迈的乡村教师，尽管他在本职工作中是个出色的人，但他那有限的能力和同样欠缺的知识，使他无法提供一份全面细致的、今后也可以使用的描述，更不用说解释了。那份小册子印出来了，在当时来村子里的观光者中卖出不少，而且也获得了一些好评，但是，那位教师的聪明足以看出，他那得不到任何人支持的个人努力归根到底是毫无价值的。如果说，他在这种情况下仍然对此事毫不松懈，尽管这件事就其性质来说一年比一年无望，而且，还把它当作自己的毕生事业，那这就会一方面证明，这个现象能产生如此大的作用，另一方面证明，在一位年迈的、不受重视的乡村教师身上，会蕴藏着怎样的毅力和对信念的忠诚。他附在小册子后面的一份简短的补充材料证明，他曾饱受那些权威人士的拒绝之苦，当然，那是几年之后，在没有人还能记起那是怎么一回事的时候，他才附上去的。在这份补充材料中，他也许不是用技巧，而是用诚实，对他所遭遇到的不被理解进行了令人信服的抱怨，而且恰恰是在那些最不应该表现出不理解的人那里。关于这些人，他一针见血地说："不是我，而是他们，说起话来像年迈的乡村教师。"此外，他还引用了一位学者的话，他曾为自己的事特意去拜访过这位学者。这位学者的名字没有被提到，但是从各种附带情况中，可以猜出他是谁。在老教师克服了巨大困难，终于获准进入这位他数星期前就预约了的学者家后，他在寒暄时就察觉到，对他的事业，这位学者抱有一种不可克服的成见。他是那么心不在焉地听着老教师按照自己的小册子作的长篇介绍,从他经过一阵装模作样的考虑后说的话中就能看出。"当然有各种鼹鼠,小的、大的。它们出没的那个区域的土地特别黑,特别重。所以,它也能给鼹鼠提供营养特别丰富的食物,那么,鼹鼠就长得特别大。""那也不会那么大。"教师喊道,由于气愤,他有些夸张,在墙上比划出两米长。"哦,会的,"学者回答道,他显然觉得整个事情很开心,"为什么不会呢?"带着这个答复,教师回家了。他在补充材料里讲道,那个傍晚,他的妻子和六个孩子是如何冒着雪在路上等他,他又是如何不得不向他们承认,他全部的希望最终破灭了。

当我读到那位学者对待教师的态度时,我还没看到教师那本小册子的正文。但我立刻做出决定,亲自搜集整理我能找到的有关这件事的所有材料。由于我不能用拳头去威胁那个学者,那我至少可以用我的文章为那位教师辩护,或者说得更确切些,与其说是为那位教师,不如说是为一个诚实,但没有影响力的人的良好愿望而辩护。我承认,后来我为这个决定后悔了,因为我马上就感觉到,实施这个决定肯定会使我陷入一种奇特的境地。一方面,我的影响力也远远不足以改变那位学者或者公众舆论的看法,使他们赞成教师,另一方面,那位教师肯定会发现,我更关心的是维护他的正直,而不是他的主要意图,即,关于巨鼹现象的论证,而他认为,他的正直是理所当然的,用不着去维护。那么结果必然是,我想和教师联合,却得不到他的理解,而且,我可能不但帮不了忙,自己还需要一个新助手,而这位助手的出现恐怕很不可能。此外,这个决定使我自己担负起一项重大的工作。如果我想说服别人,就不能引证那位教师,因为他没能说服过人。那么,了解他的文章只能使我迷惑,所以,在我自己的工作结束前,我避免去读它。是的,我甚至不跟那位教师联系。当然,他通过中间人知道了我的调查,但他不清楚,我的工作是与他一致的还是与他对着干的。是的,他的估计很可能是后者,尽管他后来矢口否认,因为我有证据证明他曾给我设置了各种障碍。这他很容易做到,因为我不得不把他已经做过的所有调查都再做一遍,所以他总能抢在我前面。但这是对我的方法能进行的惟一有道理的指责,另外也是无法避免的指责,不过,由于我的结论小心谨慎,同时自我否定,因而它在很大程度上被削弱了。除此之外,我的文章没有受那位教师的任何影响,也许我在这一点上甚至过于谨慎了,仿佛在此之前没有人调查过这件事,好像我是第一个向那些耳闻目睹此事的证人们取证的人,是第一个把材料编排起来的人,第一个得出结论的人。当我后来读到那位教师的文章时——他的文章有一个非常啰嗦的标题:一只鼹鼠,其体形之巨大,还没人见过——我确实认为，我们在一些基本问题上意见不一致，尽管我们两人都认为已经证明了最主要的事，即那只鼹鼠的存在。然而，那些意见分歧妨碍了我和教师之间建立一种友好关系，我其实一直期望，尽管存在各种问题，我们之间能有这样的关系。教师那方面，几乎产生了一种敌意。虽然他对我一直谦逊恭顺，但这样就更能清楚地看出他的真实情绪。他认为，我极大地损害了他和他的事业，而我认为，我帮助了他，或者能帮助他，也至多不过是幼稚，很可能还是狂妄或诡计。特别是，他经常指出，他以前的所有反对者都根本未曾表现出过敌意，或者只是在两个人的时候表现过，或者仅仅只是口头表明过，而我却认为有必要把我所有的批评立刻印出来。此外，他还说，那为数不多的、真正研究过这件事的——哪怕是很肤浅的——反对者，在发表自己的意见之前，至少都还听过他这位教师的意见，也就是说有关此事的权威意见，而我却从零散收集到的，而且有些部分纯属谬误的材料中得出了结论，就算这些结论在主要问题上是正确的，但它们仍然是不可信的，不管是对大众还是对受过教育的人而言。而即使是表现出最微弱的不可信，也是这里所能发生的最糟糕的事。

对于这些尽管形式上隐蔽得非常好的指责，我本来可以很容易给予答复的——比如，恰恰是他的文章才展现了不可信的最高峰——但是，要对付他的其他疑心就不这么容易了，这也是我在整体上对他采取克制态度的原因。因为他私下里认为，我是想剥夺他作为第一个承认鼹鼠存在的人的荣誉。而现在对他来说，根本没有什么荣誉，只有可笑，而且只局限于一个越来越小的圈子里，我当然不会想去争这份可笑。此外，我在我文章的引言中强调说明，这位教师在任何时候都理所当然是鼹鼠的发现者——但他连发现者也不是——仅仅是对这位教师遭遇的同情,才促使我写这篇文章的。"本文的目的在于,"——我在结尾时过于慷慨激昂地写道,不过这与我当时的激动心情相符——"帮助那位教师的文章得到应有的传播。一旦做到这一点,那么,我的名字,暂时并且只是表面上与此事牵连在一起的我的名字,应当立即被从中抹除。"我恰恰是拒绝每一种与此事有较大牵连的可能性,好像我已经预感到这位教师会对我进行这样令人难以置信的指责。尽管如此,他还是偏偏在这一点上抓住了攻击我的把柄,我不否认,在他所说的,更确切地说是所暗示的话中,似乎有一丝合理的东西,我已经几次注意到,在对付我时,他在有些方面表现得比在他的文章中更敏锐。因为他说,我的引言是虚伪的。如果我的目的真的只是传播他的文章,那我为什么不只研究他和他的文章,为什么我不指出文章的长处和不容置疑性,为什么我不把重点放在强调并让人们认识到这一发现的重要意义，为什么我完全忽视他的文章，而自己却热衷于巨鼹的发现本身。难道发现巨鼹不是已经发生了吗？在这一方面还有什么事要做吗？可要是我真的认为必须再重复一遍发现，那我为什么要在引言中那么郑重地宣布我跟这一发现毫无关系呢。这其中可能有虚伪的谦虚，但这是令人气愤的。我贬低这一发现，我让人们注意它的目的只是为了贬低它，我研究了它，又将它置之不理，本来这件事可能已经有些平息了，而我又把它弄得沸沸扬扬，同时使那位教师的处境比以往任何时候都艰难。对于那位教师来说，维护他的正直有什么意义呢。他所关心的是这件事情，只有这件事情。而我出卖了这件事情，因为我不理解它，因为我没有正确地估价它，因为我对它没有感受力。它超出我的理解力九重天高。他坐在我面前，带着他那张苍老的、布满皱纹的脸静静地看着我，的确，只有这才是他的看法。但是，说他只关心事情本身是不对的，因为他甚至相当虚荣，也想赚钱，不过，考虑到他家人口多，也就可以理解了，尽管如此，他仍觉得我对这事的兴趣相对来说太小了，所以他认为，他完全可以做出绝对无私的样子来，而且这也不算撒了太大的谎。而实际上，就算我对自己说，这个人之所以指责我，归根到底是，他像是用双手紧紧抓住他的鼹鼠，每一个哪怕只是想用一根指头靠近他的人，都被他称为出卖者。事情不是这样的，他的行为不能用贪婪，至少不能只用贪婪来解释，倒是更适宜用神经质来解释，是神经质唤起了他的巨大努力，也导致了他最终毫无成效。但是，神经质也不能解释一切。也许我对这事的兴趣真的太小了，对那教师来说，陌生人毫无兴趣已经是很正常的事了，总体上来说，他对此容忍，但具体到某个人，则不然了，这里终于出现了一个人，他以独特的方式研究这件事，可是，就连他也不理解此事。我根本不想否认，我是被迫走到这条路上的。我不是动物学家，假如我自己发现了这件事，那我也许会从心底里激动万分，但是我没有发现它。这么巨大的一只鼹鼠肯定是个奇观，可是，也不能因此就要求全世界一直关注它，特别是，还不能完全肯定地证明那鼹鼠的存在，还根本不能把它展示给大家。而且，我也承认，就算我是鼹鼠的发现者，我为它恐怕也不会像为这位教师这样心甘情愿地付出精力和心血。

假如我的文章获得成功，那么，我和教师之间的分歧也许很快会消除。但是，它偏偏没有成功。也许它写得不够好，不足以令人信服，我是个商人，撰写这样一篇文章大大超出了给我划定的圈子，超出的程度也许比在那位教师那里还要大，尽管我所掌握的相关知识远远超过他。对这次失败，还可以作另外的解释，可能是发表的时间不利。发现鼹鼠的消息未能传播开，但一方面，它过去还不太久，所以，人们还没有把它彻底忘记,也就不会对我的文章感到大吃一惊;另一方面,流逝的时间又足够把最初还存在的那一点点兴趣全部耗尽。那些对我的文章进行思考的人,用一种在几年前就笼罩着这场讨论的绝望语气对自己说,又要为那件无聊的事开始瞎费力气了,有些人甚至把我的文章和那位教师的弄混了。在一份权威性农业杂志上,刊登出下面这样的评论,幸亏它是在最后,而且印得很小:"那篇关于巨鼹的文章又寄给我们了。我们还记得,早在几年前,它就让我们痛痛快快地大笑过一次。从那以后,它没有变得更聪明,我们也没有更愚蠢。只是,我们不能再笑第二次了。而且,我们要问问我们的教师联合会,除了追逐巨鼹,一个乡村教师是否就找不到更有意义的工作了。"这简直是不可原谅的混淆!他们既没有读过第一篇,也没有读过第二篇文章,只不过匆忙间偶尔听到巨鼹和乡村教师这两个可怜巴巴的词,那些先生们就觉得足以让他们作为公众利益的代表来出出风头了。针对这种情况，本来可以采取一些有效的措施，但是，由于与教师之间缺乏理解，使我没能这样做。我只能尽量不让他看到这份杂志，能瞒多久就瞒多久。但是，他很快就发现了这份杂志，我从他写给我的、预计圣诞节来看我的那封信中能看出来。他写道："这个世界是恶劣的，而人们使它容易变得恶劣。"他是想说，我属于这个恶劣的世界，而我还不满足于我本身所具有的劣性，还要使世界容易变得恶劣，也就是说，我做的事，是为了引出普遍的劣性，并帮助它取胜。现在，我已经做出了必要的决定，可以平静地等着他，平静地看着他到来，他问候时不像以往那么有礼貌，然后，一声不吭地在我对面坐下，小心翼翼地从他那独特的棉外套的胸兜里掏出那份杂志，打开，推到我面前。"我知道了。"我说，然后一眼未看地又推了回去。"您知道了，"他叹了口气说,重复别人的回答,是他当教师的老习惯,"我当然不会不做任何反抗就容忍了。"他继续说着,一面激动地用一个手指敲着杂志,一面目光锐利地看着我,好像我的观点与他截然相反;他肯定感觉到我想说什么了;通常,我也不认为,从他的语言中比从其他迹象中更能察觉到,他对我的意图的直觉常常是对的,而他却不服从于这种直觉,不使自己分心。我当时对他说的话,我几乎能逐字复述出来,因为在那次谈话后不久,我就把它们记录下来了。"您想做什么就做吧,"我说,"从今天开始,我们分道扬镳。我相信,对此,您既不会感到意外,也不会觉得不合适。这本杂志上的那条简讯不是使我做出这个决定的原因,它只不过最终坚定了我的决定。真正的原因是,我原本以为,我的出现会对您有所帮助,而我现在却不得不认识到,我在各个方面都损害了您。为什么会变成这样,我也不知道,成功和失败的原因都是有多义性的，别净找那些对我不利的解释。想想您自己吧，如果看看整个事件，您也是曾有最好的意愿，然而也失败了。我这不是开玩笑，如果我说，与我的联系也属于您的失败之列，那么，这也是针对我自己的。我现在退出此事，既不是胆怯，也不是背叛。甚至，若不能战胜自我，是做不到这一点的；我的文章已经表明，我是多么尊敬您个人，在某种程度上，您已经成了我的老师，我甚至觉得那只鼹鼠都几乎变得可爱了。尽管如此，我还是要退出，您是发现者，不论我本来是想干什么，我总是妨碍您得到有可能得到的荣誉，而我还引来失败，并把失败继续引向您。至少这是您的看法。够了。我惟一能进行的忏悔是，我请求您的原谅，如果您要求，我还可以公开重复我刚才对您所做的表白，比如在这本杂志上。"

这就是我当时说的话，它并非完全真诚，但很容易从中推断出真诚。这段话对他的影响和我估计的一样。大多数老年人,在面对年轻人时,本性里都会有一些迷惑性和欺骗性,人们在他们身边平静地生活着,以为与他们之间的关系已经有了保障,了解了主导看法,不断得到和平的证实,因而认为一切都是理所当然的,但是,一旦突然发生了什么决定性的事件,而早已准备好的宁静应当发生作用时,这些老人却像陌生人一样站出来,发表更深刻、更强有力的观点,此时,他们才正式亮出他们的旗帜,人们惊讶地看见上面写着新的口号。这种惊讶首先源于,老人们现在所说的,的确更合理、更有意义,似乎那理所当然的事升级了,更加理所当然了。这种炉火纯青的欺骗性在于,他们现在说的,其实都是他们一直在说的,而这恰恰是一般来说根本无法预料的。我肯定是对这位乡村教师了解极深,所以他现在并未使我感到特别吃惊。"孩子,"他说,把手放到我的手上,亲切地摩挲着,"您是怎么会想到参与这件事的。

当我第一次听说时,我马上就和我的妻子谈论。"他离开桌子,伸展开双臂,看着地面,仿佛地下矮矮地站着他的妻子,而他正和她说话。"'这么多年了,'我跟她说,'我们一直是独自奋斗,现在,城里好像有位高贵的赞助人替我们说话,一个城里的商人,名字叫某某。现在我们该大大地高兴,不是吗? 一个城里的商人可非同小可,如果只是个低贱的农民相信我们,并表明他的看法,那对我们毫无用处,因为农民做的事总是不体面的,不管他是说:那位乡村老教师是对的,还是不得体地吐几口痰,两者的作用是一样的。如果不是一个农民,而是成千上万个农民站出来,那效果可能会更坏。而城里的一个商人就不一样了,这种人有关系,哪怕他随口说起点儿什么,也会在一个很大的范围内被说来说去,就会有新的赞助人关心这件事,比如某个人会说:也可以向乡村教师学习嘛,第二天,就会有许多人私下议论这话,而从他们的外表,人们绝不会想到他们会持这种观点。现在,这件事有资金了,有一个人筹款,其他人把钱交到他手里,大家认为,必须把乡村教师从村里接出来,于是,大家都来了,根本不在乎他的外貌,把他簇拥在中间,因为他的妻子和孩子们都离不开他,所以就连他们一起带上了。你观察过城里人吗？他们总是唧唧喳喳说个不停。如果有一堆城里人聚在一起,那么,唧唧喳喳声就会从右传到左,再传回来,循环往复。所以,他们唧唧喳喳着把我们扶进车里,根本来不及跟所有人点头致意。坐在车夫座上的先生扶正了他的夹鼻眼镜,挥动鞭子,我们上路了。所有的人都向村子挥手告别,好像我们还留在那里,而不是在他们中间。从城里出来几辆车向我们驶来,车上坐着几位特别性急的人。当我们靠近时,他们就从座位上站起来,探长了身子看我们。筹集款子的那个人安排着一切,提醒大家保持安静。当我们驶进城时,已经排成了长长的一队马车。我们以为，欢迎仪式已经过去了，可是，到了旅馆门口才刚开始。一声召唤，城里立刻就聚集了许多人。一个人关心什么事，另一个人马上也会关心。他们用呼吸彼此抢夺对方的观点，并据为己有。这些人并不能都乘马车，于是他们等在旅馆门前。另一些人尽管本来能乘车，但他们出于自信没有这样做。他们也等着。真是不可思议，那个筹款的人是如何控制所有人的。'"

我一直安静地听他讲着，是的，他说话的时候，我变得越来越安静。桌上，我把尚存的所有我那篇文章的小册子都堆在一起。只有极少几份散落在外，因为前一阵，我发出一封通函，要求把所有寄出的小册子退还给我，大部分都退回来了。另外，不少人礼貌地回信告诉我，他们根本记不起来收到过这么一篇文章，就算收到过，那么非常遗憾，肯定是丢了。这也就行了，我其实也没要求别的。只有一个人请求我允许他将这篇文章作为稀有品保留下来，并保证，按照我通函中的要求，在今后二十年内，不给任何人看。这封通函，乡村教师还根本没有看过，我很高兴，他的话使我感到很轻松，我可以把那封信给他看了。我本来也可以毫无顾虑地这么做，因为我在写这封通函时非常谨慎，从未忽视过乡村教师和他的事业的利益。通函的主要内容是："我之所以要求退回我的文章，并非因为我已经放弃了文章中所支持的观点，也不是因为我认为它可能在某些部分是错误的或无法证明。我的请求完全是出于个人原因，但却非常紧迫，所以，绝不能从我的这一请求中推断出我对此事的态度，我特别请求大家注意这一点，并且，如果愿意，请相互转告。"

暂时，我还用双手遮着那封通函说："因为事情没有这样进行，所以您要指责我，是吗？您为什么要这样做？我们不要使我们的分歧变得那么痛苦。您真的应当试着看清楚,您虽然有了一项发现,但是,这项发现并没有超过其他一切,所以,您所经历的不公正,也不是超过其他一切的最大不公正。我不了解学术界的规矩,不过我不相信,根本不可能为您举行一个哪怕是近似于您向您那可怜的妻子所描述的欢迎仪式。如果说我自己期待这篇文章能有什么作用的话,那么我认为,可能会有某位教授注意到您这件事,他也许会委派一个年轻的大学生来调查这件事,这个大学生会去找您,在您那里,他会以他的方式,把您的和我的考察结果再审核一遍,最后,如果他认为结论还值得一提,—— 这里,有一点是确定的,所有年轻大学生都疑心重重 —— 那么,他会发表一篇自己的文章,在那里,您所描写过的东西将得到科学的论证。然而,就算这一愿望得以实现,收获也不会很大。那个大学生的文章由于为这么特别的一件事辩护,会遭到嘲笑。您可以从这份农业杂志的例子上看到，这种事是多么容易发生，在这一方面，科学杂志更加无所顾忌。这也是可以理解的，教授们对自己、对科学、对后世，承担着很多责任，他们不可能立刻投入每一个新的发现中去。在这方面，我们其他人就比他们有优越性。不过我不谈这个，我现在想假设，那个大学生的文章取得了成功。那又会怎样呢？您的名字可能会荣耀地被提到几次，这也许对您的处境会有好处，人们会说：'我们的乡村教师们独具慧眼。'如果杂志还有记性和良心的话，应该公开向您道歉，随后，还可能会有一位好心的教授，为您争取到一份奖学金，而且，人们的确有可能设法把您迁到城里去，给您在城里的一所大众学校找个职位，使您有机会用市里给您提供的科学资助金进一步深造。但是，如果我要是坦诚的话，那我得说，我认为，人们顶多也只是试试而已。假设，人们召您来，您也来了，像许许多多人一样，只是个普普通通的请求者,没有任何隆重的欢迎仪式,人们也会跟您谈话,承认您诚实的不懈努力,但是同时也看到,您是个上了年纪的人,这么大年纪再开始科学研究是没有前途的,而且,您取得的发现更多是出于偶然,而不是有计划的,除了这个个别事件,您也不打算继续干下去。人们有可能出于这些原因让您留在村子里。当然,您的发现会被继续研究,因为它并没有小到得到一次承认,之后就被遗忘的地步。不过,您不会再得到太多关于它的情况了,而且,您了解到的,也理解不了。每一项发现都会被立刻纳入科学的整体中去,因而在一定意义上,也就不再是发现了,它融入整体中,消失了,必须有经过科学训练的眼光才能辨认出它来。它马上被与各种我们闻所未闻的原理联系在一起,在科学争论中,它和这些原理一起,一直被扯到云霄上。我们该怎样理解这些?如果我们听一次这样的讨论,我们或许会以为,这是在谈发现,但发现的是完全不同的东西。"

"好了,"乡村教师说,他掏出烟斗,开始往里塞烟丝,他的所有口袋里都散装着烟丝,"您是自愿来关心这件费力不讨好的事的,现在又自愿退出。这都完全正确。""我不是个固执的人,"我说,"您认为我的建议中有什么可以指责的吗?""不,一点儿都没有。"乡村教师说,他的烟斗已经在冒烟了。我受不了他的烟味,所以站起来,在屋里来回走着。从以前的几次谈话中,我已经习惯了乡村教师在我面前沉默寡言,而且,他一旦来了,就不愿意离开我的房间。这使我有时感到很奇怪,我总是想,他还想从我这儿得到些什么,我曾给他钱,他也经常接受。但是,每次他都是想走时才离开。一般都是烟斗抽完了,他围着椅子转几圈,然后规规矩矩、恭恭敬敬地把它移到桌子边,拿起放在墙角的手杖,热烈地和我握手,离开。但是今天,他沉默地坐在那里,却让我烦透了。要是对某人表示过最终告别,就像我做的那样,而且对方也说这是完全正确的,那就应该尽快处理完还要共同解决的那点儿事,可别因为你沉默地待在那儿,而让别人毫无目的地受罪。如果从背后观察一下这个矮小而结实的老人是怎样坐在我的桌子边的,人们就会相信,要想让他从我的房间出去,是根本不可能的。

任卫东 译

# Franz Kafka
Das erzählerische Werk

## Beim Bau der Chinesischen Mauer

## 布鲁姆费尔德,一个上了年纪的单身汉

一天晚上，布鲁姆费尔德，一个上了年纪的单身汉，上楼到他的住处去，这是一件费力的事，因为他住在七层。爬楼的时候他想——近来他经常这样想——，这种完全孤独的生活真是难受，现在，他简直是得偷偷爬上这七层楼，为的是到达他那空无一人的房间，然后在那里，又简直是偷偷穿上睡袍，叼上烟斗，看几眼那份他几年来一直订阅的法文杂志，边看边饮着一杯他自己酿制的樱桃酒，最后，半小时之后上床睡觉，之前还一定要把被子彻底重新铺一遍，那个怎么教也不改的女佣总是随心所欲地把被子往床上一扔。如果随便有个人能陪他或看他干这事，布鲁姆费尔德会非常欢迎的。他已经考虑过，是否该买只小狗。这种动物总能让人高兴，最主要的是知恩图报和忠实可靠；布鲁姆费尔德的一个同事有这么一条狗，除了它的主人，它谁也不跟，要是它一会儿没见到主人，再见到时，就会大声叫着来迎接他，显然，它想以此来表达它重又找到主人——那位极其慈善的人的喜悦。不过，狗也有坏处。就算注意使它保持清洁，它也会把房间弄脏的。这是不可避免的，因为不可能每次带它进房间前，都给它洗个热水澡，而且，狗的身体也经不住这么折腾。但是，房间里的不干净又是布鲁姆费尔德无法忍受的，对他来说，房间的干净是不可缺少的，每个星期，他都要跟在这一点上可惜不很讲究的女佣吵好几次。因为她耳背，所以他通常都拉着她的胳膊，把她拽到房间里他认为不太干净的那些地方去。通过这种严格要求，他才使房间里的整洁程度大致符合他的愿望。要是来一条狗，那他就恰恰把迄今为止一直小心翼翼地抵御的肮脏自愿引进自己房间里来了。跳蚤，那些狗的随身伴侣，也会随之而来。要是有了跳蚤，那么，离布鲁姆费尔德把自己舒适的房间让给狗，自己再另找一间房的时刻也就不远了。而不干净只不过是狗的缺点之一。狗还会生病，而狗的疾病实际上没人懂。那时，这个畜生就会蜷缩在一个角落里，或者一瘸一拐地走来走去，哀鸣，不断轻咳，因某种疼痛而干呕，你用一条毯子裹住它，对它吹口哨，把牛奶推到它面前，简而言之，照顾它，希望它得的是很快会痊愈的病，这也是可能的，但是，这也可能是一种严重的、讨厌的传染病。即使那狗一直不生病，那它以后总会变老，而你又没能做出决定，把这忠实的畜生及时送人，那么会有一天，从泪汪汪的狗眼里盯着你看的，就是你自己的衰老。这时，你就不得不和这个眼睛半瞎、肺部虚弱、胖得几乎不能动弹的畜生一起受罪，以此为这条狗以前带给你的快乐而付出昂贵的代价。不管布鲁姆费尔德现在多么想有一条狗，他还是宁愿独自爬三十年的楼梯，也不愿意以后受这么一条老狗的纠缠,那条狗会在他身边艰难地一阶一阶往上爬,呻吟喘气声比他还大。

这样,布鲁姆费尔德还将继续独自生活,他倒是没有老处女常有的那些要求,老处女要身边有一个隶属于她的活物,她可以保护它,对它温柔,希望一直伺候它,所以,一只猫,一只金丝鸟或者就连金鱼都能满足她。如果不能这样,那么,在窗前养些花,也能让她满意。但是,布鲁姆费尔德只想要个伴儿,一个动物,一个用不着他操太多心去照顾的动物,偶尔踢它一脚也没有关系,必要时,它也可以在胡同里过夜,而在布鲁姆费尔德需要它的时候,它就应该马上又叫又跳,舔着主人的手,听候使唤。布鲁姆费尔德想要这么一个东西,可是他看出来,不承受巨大的弊端是不可能有这么个东西的,所以就放弃了,可是,由于他天性细致,所以还会不时涌起同样的念头,比如今天晚上。

当他站在楼上自己的房门前,从兜里掏钥

匙时，房间里传出的一种声音引起了他的注意。这是一种奇怪的、啪嗒啪嗒的声音，不过很有力，很有规律。因为布鲁姆费尔德刚才正在想狗，所以这种声音让他联想起狗的爪子交替拍打地面发出的声音。可是狗爪子不会有啪嗒啪嗒的声音，这不是爪子。他急忙打开门，扭亮电灯。眼前的景象是他没想到的。这简直是魔术，两个白底蓝条的赛璐珞小球并排在木地板上上下跳着；一个球着地，另一个就跳到高处，它们就这样不知疲倦地继续着它们的游戏。上中学时，有一次做一个著名的电学实验，布鲁姆费尔德曾看见一些小球这样跳过，可是，这两个球相比来说很大，在一个空房间里跳着，这可不是做电学实验。布鲁姆费尔德朝它们俯下身去，想看个清楚。毫无疑问，它们是普通的球，也许球里面还有几个更小的球，是它发出的啪嗒啪嗒声。布鲁姆费尔德朝空中抓去，看看它们是否吊在什么线绳上，没有，它们完全是在独立运动。可惜，布鲁姆费尔德不是小孩子，否则这两个球对他来说会是个惊喜，而现在，这一切却给他一个不愉快的印象。作为一个不引人注目的单身汉秘密地生活着，这并非毫无价值，现在有人，不管他是谁，揭开了这个秘密，给他送来了这两个奇怪的球。

他想抓住一个，但它们躲开他，向后退去，并引诱他跟在它们后面在房间里跑。"这样跟在球后面跑来跑去，"他想道，"真是太笨了。"于是他停下来，看着它们，由于好像没有了追赶，它们也停在原地不跑了。"我还是得设法抓住它们。"他又想，于是又去追它们。它们立刻逃开，可是，布鲁姆费尔德叉开双腿把它们逼近一个墙角，在墙角那个箱子前面，他终于抓住了一个球。这是一个凉凉的小球，在他的手里旋转着，显然是极力想逃脱。另一个球仿佛看到了同伴的困境，跳得比先前更高了，放慢了跳跃的节奏，直至它碰到了布鲁姆费尔德的手。它撞击着那只手，以越来越快的跳跃撞击着，并改变着撞击点，由于它对那只把另一个球握在手心里的手无可奈何，于是就跳得更高了，可能是想够着布鲁姆费尔德的脸。布鲁姆费尔德本来也能抓住这个球，把两个球都关在什么地方，但是此刻，他觉得对两个小球采取这样的措施太丢脸。而且，有这么两个球也挺有意思的，过不了一会儿，它们也会累得够呛，滚到一个柜子底下安静下来。尽管这样想着，布鲁姆费尔德还是恼火地将那个球往地上一摔，奇怪的是，那脆弱的、几乎透明的赛璐珞壳居然没有碎。立刻，那两个球又开始了先前那种低低的、相互协调的跳跃。

布鲁姆费尔德平静地脱衣服，整理柜子里的衣服，他习惯了每次都仔细检查，女佣是否把一切都收拾整齐了。他回头看了那两个球一两次，它们现在没有受到追踪，反过来倒好像是追踪他了，它们已经靠近他，紧跟在他身后跳着。布鲁姆费尔德穿上睡袍，想到对面的墙那里去拿一支烟斗，他的烟斗都挂在那儿的一个架子上。转身之前，他不由自主地往后踢了一脚，可那两个球却知道躲开，没被踢到。当他去取烟斗时，那两个球马上跟了上来，他趿拉着拖鞋，故意迈着节奏混乱的步子，可是，他每迈出一步，球就立刻跳跃一下，它们跟他步调一致。布鲁姆费尔德突然转过身来，他想看看这两个球是怎样做到这一点的。可是，他刚转过身，两个球就划了个半圆，又到了他身后；不论他何时转身，球都重复这样做。它们就像他手下的陪同一样，尽量避免在布鲁姆费尔德面前停留。到现在为止，它们似乎只是为了作自我介绍，才斗胆到过他面前，而现在，它们已经上任了。

在此之前，每当遇到自身力量不足以控制局面的特殊情况，布鲁姆费尔德总是采取装聋作哑的办法。这种办法常常奏效，多数情况下，至少会使局面好转。他现在也采取这种态度，站在烟斗架前，噘着嘴，挑选出一支烟斗，仔仔细细地从准备好的烟袋里取出烟丝装到烟斗中，无动于衷地任那两个球在身后跳跃。只是要走到桌子跟前去时，他犹豫了，听到球的跳跃声和自己的脚步合成一拍，这几乎使他痛苦。所以他站着不动，不必要地拖长装烟的时间，估算着他与桌子之间的距离。终于，他战胜了自己的软弱，使劲跺着脚走完了那段路，以便让自己丝毫听不见球的跳跃声。他坐下后，它们就又在他的椅子后跳跃，声音像刚才一样清晰可闻。

桌子上方的墙上，在伸手可及的地方安了一块木板，上面放着那瓶樱桃酒，周围是几个小杯子。酒瓶旁边有一摞法国杂志。布鲁姆费尔德并没有把他所需要的东西都拿下来，而是静静地坐着，看着那一直没点燃的烟斗。他在暗暗等待时机，突然，他猛地一下不再发愣，连同椅子一起转过身去。但是，那两个球也保持着相应的警觉，或者说，它们是不假思索地遵循着支配它们的法则，在布鲁姆费尔德转身的同时，它们也改变了自己的位置，藏到他身后。这样，布鲁姆费尔德就背朝桌子坐着，手里拿着那冰凉的烟斗。那两个球现在在桌子底下跳跃，因为那里有一块地毯，所以它们的声音很小。这是个很大的好处；现在只有非常微弱而低沉的响声，得非常注意才听得见它们。布鲁姆费尔德当然非常注意，所以听得很清楚。不过，这只不过是现在才这样，过一会儿，他可能就根本听不到它们了。这两个球会在地毯上发不出什么声响，这在布鲁姆费尔德看来，是它们的一大弱点。只要把一块，或者更好些，把两块地毯垫到它们底下，它们就几乎无能为力了。当然这只不过是一段时间之内，此外，它们的存在本身就意味着某种力量。

　　现在，布鲁姆费尔德倒是需要一条狗，这

么一个年轻的、野性的动物很快就会制服那两个球的；他想象着那狗怎样追逐着用前爪抓它们，怎样用爪子驱赶它们，怎样追得它们满屋子乱跑，最后终于用牙咬住它们。布鲁姆费尔德很可能不久之后就会买一条狗。

不过目前，那两个球只需害怕布鲁姆费尔德，而他现在没有兴趣毁掉它们，或许他也是下不了决心。他晚上下班回家，疲惫不堪，正需要安静的时候，竟出其不意地来了这么一件事。他现在才感觉到，他其实有多么累。他肯定会毁掉那两个球的，而且很快，不过眼下还不，也许明天再说。如果不带成见地看这整个事情，那么，那两个球的举止其实是够谦逊的。比如说，它们完全可以不时地跳出来，露露面，再退回去，或者，它们可以跳得更高些，撞击到桌面下方，以补偿被地毯压低的声响。但它们没有这样做，它们不想不必要地惹布鲁姆费尔德生气，它们显然只限于做必不可少的事。

不过，这必不可少的事也足以败坏布鲁姆费尔德坐在桌边的兴致了。他刚在那儿坐了几分钟，就想去睡觉了。这样做的原因之一是，他在这儿不能抽烟，因为他把火柴放在床头柜上了。这样，他就得去取火柴，可是，他既然已经到了床头柜那儿了，那么肯定是最好就待在那儿，躺下。这里，他内心还有一个想法，他认为，那两个球会盲目地一直跟在他身后，最后跳到床上去，这样，他一旦躺下来，不管有意还是无意，都会把它们压碎。他不接受球的碎片也还会跳跃的说法。就算是不同寻常的事，那也得有个限度。整个的球本来就会跳跃，尽管不是不停地跳，而球的碎片从来就不会跳跃，所以在这里也不会跳。

"起来！"他这么想着，于是几乎变得故意地喊起来，然后跺着脚，带着身后的球走到床前。他的希望似乎得到了证实；当他故意靠床很近时，一个球立刻跳到床上。而未曾料想到的是，另一个球钻到床底下去了。布鲁姆费尔德根本没想到过球也有可能会在床底下跳。他对那个球非常恼火，尽管他也感到这是不公平的，因为那个球在床底下跳，也许会比床上的那个能更好地完成它的任务。现在，一切都取决于那两个球决定选择哪个地方了，因为布鲁姆费尔德不相信它们会长时间分开工作。果然，不一会儿，床下那个球也跳到床上来了。"现在我可抓住它们了。"布鲁姆费尔德想道，他兴奋得有些燥热，一把扯下身上的睡袍，准备躺到床上。但是，那个球偏偏又跳到床下去了。布鲁姆费尔德极度失望，简直是瘫倒到床上。那个球可能只是在上面看了看，觉得不喜欢。于是，另一个球也跟着它跳下去，当然就待在下面了，因为下面更好些。"这下我整夜都得听这两个鼓手了。"布鲁姆费尔德想着，他咬紧嘴唇，点点头。

他闷闷不乐，其实他并不知道，那两个小

球在夜里会怎样损害他。他的睡眠极好，这点小小的声响他会很容易克服。为了有充分的把握，根据已获得的经验，他给它们下面塞了两块地毯。就好像他有一只小狗，他正给它铺一个软和的床。而那两个球仿佛也累了，困了，它们的跳跃比先前低了，也慢了。当布鲁姆费尔德跪在床前，用床头灯往下照时，他有时就以为，那两个球会永远待在地毯上不动，它们软弱无力地落到地上，慢悠悠地滚动一小段。当然，它们随后又尽职地跳起来。如果布鲁姆费尔德早上往床下看时，很可能会发现两个安静听话的儿童玩具球。

但是，那两个球看来都不能坚持跳到第二天早上了，因为当布鲁姆费尔德躺到床上时，就已经听不见它们的声响了。他竭力想听到些什么，从床上探出身子去倾听，——毫无声息。地毯不可能有这么大的作用，惟一的解释是，那两个球不跳了，它们要么是在柔软的地毯上得不到足够的反弹力，因而暂时停止了跳动，要么，更有可能的是，它们永远不会再跳了。布鲁姆费尔德本可以起来看看到底是怎么回事，但他对终于安静下来了感到满意，所以宁愿躺着不动，他连用目光去触动那两个安静下来的球都不愿意。他甚至乐意放弃抽烟，翻了个身，很快便睡着了。

然而，他并非不受干扰；和往常一样，这次他也没做梦，但他睡得很不安稳。夜里，他无数次被惊醒，误以为有人在敲门。他自己也肯定地知道没人敲门；谁会在深更半夜敲门呢，而且是敲他这么个孤独的单身汉的门。尽管他清楚地知道这一点，但他还是会每次都惊起来，紧张地盯着门看一会儿，张着嘴，睁大着眼，几缕头发在汗湿的额头上抖动。他试着数出被惊醒了几次，但是，得出的数字巨大，把他弄得晕晕乎乎，又睡了过去。他觉得自己知道那敲击声是从哪里发出来的，不是敲在门上，完全是别的地方，可是他睡得稀里糊涂，想不起他是根据什么这样推测的。他只知道，有许多细小而讨厌的拍打声聚集在一起，汇成了强大的敲击声。不过，要是能避免这敲击声，他愿意忍受那细小拍打声的所有讨厌之处，但是，出于某种原因，现在已经晚了，他不能进行干预，时机错过了，他连话都说不出来，只是张开嘴，无声地打着哈欠，他感到气愤，猛地把脸埋进枕头里。夜就这么过去了。

清晨，女佣的敲门声唤醒了他，他以一种解脱般的叹息欢迎这轻柔的敲门声，而以往，他总是抱怨敲门声小得听不见。他刚要喊"进来"，这时，他又听到还有另外一种轻快的，虽然微弱，但却像打仗般的敲打声。这是床下那两个球。它们醒了？难道它们和他相反，经过一夜又积聚了新的力量吗？"马上就好。"布鲁姆费尔德冲女佣喊道，同时从床上跳下来，他非常谨慎，以便让球待在他背后，然后，他始终以背对着球,猛地倒在地上,扭头去看那两个球——这一看,让他差点儿骂出来。就像孩子在夜里踢掉了讨厌的被子一样,那两个球很可能是通过整夜不停的轻微拱动,把地毯从床下拱出来一大截,所以它们下面又露出了光地板,它们又可以发出声响了。"回到地毯上去。"布鲁姆费尔德阴沉着脸说。当那两个球由于地毯的作用重又安静下来后,他才叫女佣进来。当女佣,一个迟钝的、总僵直着身子走路的胖女人,把早餐摆到桌上,并做一些必要的事情时,布鲁姆费尔德穿着睡袍,一动不动地站在他的床边,好让那两个球待在床下。他的目光紧跟着女佣,想看她是否发觉了什么。这是不大可能的,因为她耳背,布鲁姆费尔德觉得他看见女佣有时还是停下来,扶住某一件家具,扬起眉毛偷听,他把这归结于由于睡眠不好而引起的神经过敏。如果他能让女佣稍微快一点干活,他会很高兴的,但是她几乎比平时还要慢。她笨手笨脚地抱起布鲁姆费尔德的衣服和靴子，拿到走廊去，好长时间没进来，她在外面拍打衣服的声音单调而零星地传进来。这段时间里，布鲁姆费尔德不得不守在床上，一动不能动，如果他不想把身下的球引出来的话，他不得不眼睁睁地看着咖啡变凉，而他本来是最愿意喝热咖啡的，他没有别的事情可做，只好盯着垂下的窗帘，窗帘后面，渐渐放亮的天色阴沉沉的。女佣终于干完了，道过一声早安，就想走了。但是，她最终离开之前，还在门口停了一会儿，嘴唇动了动，盯着布鲁姆费尔德看了半天。布鲁姆费尔德已经想问她怎么回事了，她却走了。布鲁姆费尔德真想拉开门冲她喊，她是个愚蠢迟钝的老女人。可是，当他考虑她究竟有什么可指责时，他只不过觉得，她无疑什么都没发觉，却想做出发觉了什么的样子，这很荒谬。他的思想多么混乱啊！而这只不过是因为一夜没睡好觉！他为没睡好觉找到了一个小小的原因，那就是他昨晚没按自己的习惯去做，没抽烟也没喝酒。"我一旦不抽烟不喝酒，就会睡不好。"这是他思考的最后结论。

从现在起，他将更多地注意自己的身体，并且他立即就从挂在床头柜上方的药箱里拿出药棉，把两个棉球塞进耳朵里。然后，他站起来，试着走了一步。那两个球虽然还跟着他，但他几乎听不见它们了，他再塞了些药棉，就完全听不见了。布鲁姆费尔德又走了几步，没觉得有什么特别不舒服。布鲁姆费尔德和那两个球，各自都自成一体，虽然他们相互联系在一起，但互不干扰。只有一次，布鲁姆费尔德转身转得比较快，而有一个球向相反方向的运动不够快，布鲁姆费尔德的膝盖碰到了它。这是惟一的意外事件，其他时候，布鲁姆费尔德平静地喝着咖啡，他饿了，好像这一夜他不是在睡觉，而是走了很长的路，他用能很快让人清醒的凉水洗了洗，然后穿上衣服。在此之前，他没有把窗帘拉开，而是出于谨慎宁愿待在昏暗中，他不希望陌生人的眼睛看见这两个球。但是，他现在准备出门了，他得想个什么办法，防备那两个球万一胆敢——这一点他不相信——跟着他上街。他想出了一个好主意，他打开大衣柜，背朝它站着。那两个球好像预感到他的打算，便非常留神不到柜子里去，它们充分利用布鲁姆费尔德与它们之间的每一个小空隙，实在没别的办法时，就跳到柜子里去待一小会儿，随即，又因里面太暗而立刻逃出来，根本没法把它们弄进柜子里去，它们甚至宁愿违背它们的义务，几乎跑到了布鲁姆费尔德的身体侧面。但是，它们的小伎俩根本无济于事，因为布鲁姆费尔德现在自己倒退着进到衣柜里了，这样，它们就不得不跟进去。于是，它们的下场也就决定了，因为衣柜的底板上放着各种小东西，比如靴子、盒子、小箱子，这些东西虽然全都——布鲁姆费尔德现在为此感到惋惜——放得整整齐齐，但它们还是妨碍了那两个球。布鲁姆费尔德这时已经几乎把柜门拉上了，他以多年来未曾有过的大步跳出柜子，关紧柜门，转动钥匙，把两个球锁在了里面。"成功了。"布鲁姆费尔德想着，擦掉脸上的汗。那两个球在柜子里发出多么大的声响啊！给人的印象是，它们好像要拼命了。布鲁姆费尔德却很满意。他离开房间，就连空荡荡的走廊都让他感到愉快。他取出耳朵里的棉球，正在醒来的楼里发出的许多声响让他欣喜。只是还看不见什么人，时间还很早。

楼下过道里，通往女佣所住的地下室那扇低矮的门前，站着女佣那十岁的小男孩。他跟他妈妈长得一模一样，大人的所有丑陋都无一遗漏地再现在这孩子的脸上。他弯着两条罗圈腿，双手插在裤兜里，站在那儿呼哧呼哧地喘气，因为他小小年纪就得了甲状腺肿，呼吸困难。往常，布鲁姆费尔德要是在路上碰见这孩子，都会加快脚步，尽量避免看到这一幕，而今天，他几乎想在他身边停下来。即使这个男孩是那个女人生的，带着他母体的所有标记，但他目前还是个孩子，在这颗奇形怪状的脑袋里还是些孩子的想法。要是人们好好跟他说话，问他点儿什么，那他很可能用清脆而天真的声音恭敬地回答，而人们经过一番思想斗争后，也会伸手摸摸他的脸颊。布鲁姆费尔德这么想着，但还是从那孩子身边走过去了。到了街上，他发现，天气比他在房间里时想象得好。晨雾正散去，劲风吹过，天空露出一块块湛蓝色。布鲁姆费尔德今天出门比往常早很多，这多亏了那两个球，他甚至把报纸也放在桌上忘了看，不管怎么说，他因此而赢得了许多时间，现在可以慢慢走。奇怪的是，自从甩掉那两个球后，他很少为它们操心。只要它们跟在他身后，就会被看成是属于他的某种东西，那么，在评判他这个人时，就必须把它们也考虑在内，而现在，它们只是家中衣柜里的玩具。这时，布鲁姆费尔德突然想到，让那两个球发挥它们本应有的作用，这样也许才能不把它们损坏。那个男孩还站在那儿的过道里，布鲁姆费尔德要把球送给他，不是借，而是真的赠送，不过这也就跟下命令消灭它们的意思差不多。而且，就算它们会完好无损，但它们在那孩子手里，比待在柜子里还没有意义，整个楼里的人都会看到，那男孩是怎样跟那两个球玩的，其他孩子也会参与进来玩，一般人都会认为，那是两个玩具球，不是什么布鲁姆费尔德的生活伴侣，这种看法是无法动摇、不可抗拒的。布鲁姆费尔德又跑回楼里。那个男孩刚走下地下室楼梯，正要打开下面的门。布鲁姆费尔德必须叫住那孩子，叫出他的名字，那名字跟一切与这孩子有关的东西一样可笑。布鲁姆费尔德喊那孩子。"阿尔弗雷德，阿尔弗雷德。"他喊道。那男孩迟疑了很久。"过来呀，"布鲁姆费尔德喊道，"我给你点儿东西。"房管员的两个小女儿从对面的门里跑出来,好奇地站到布鲁姆费尔德左右。她们比那男孩明白得快得多,她们搞不懂,他为什么不马上过来。她们朝他招手,同时眼睛一刻也不离开布鲁姆费尔德,但是她们猜不透,阿尔弗雷德会得到一件什么礼物。好奇心折磨着她们,她们双脚交替地跳着。布鲁姆费尔德既笑她们,也笑那个男孩。那男孩看来终于弄明白了这一切,正僵硬而艰难地上楼梯。就连走路的姿势他都跟他妈妈一模一样,她这时也已经出现在地下室门口了。布鲁姆费尔德故意放大声音,好让女佣也能听清,而且如果必要的话,还能监督他做这件事。"在我楼上的房间里,"布鲁姆费尔德说,"有两个漂亮的球。你想要吗?"那男孩只是无声地撇了撇嘴,他不知道应该采取什么态度,他转过身,带着询问的目光看着下面的妈妈。那两个女孩却立刻开始围着布鲁姆费尔德又蹦又跳,请求他把球给她们。

"你们也可以玩球。"布鲁姆费尔德对她们说,却在等着男孩的回答。他本来可以立刻把球送给女孩,但他觉得她们太轻率,他现在更信任那男孩。与此同时,男孩虽然没跟妈妈说话,就已经从她那儿讨到了主意,当布鲁姆费尔德再次问他时,他便同意地点了点头。"那你就注意听着,"布鲁姆费尔德说,他很乐意地忽视了,他不会因为送了礼物而得到感谢,"你妈妈有我的房间钥匙,你得从她那儿借出来,我现在把我的衣柜钥匙给你,那两个球就在衣柜里。然后,你要把衣柜和房门再好好锁上。那两个球,你愿意怎么玩就怎么玩,不用再送回来。你听明白了吗?"遗憾的是,那男孩没听明白。布鲁姆费尔德本来是想给这个无比迟钝的榆木脑袋把一切都解释得清清楚楚,但正因为如此,他才重复得太多,颠来倒去地说钥匙、房间和衣柜,所以,那男孩盯着他看,不像是看一个做好事的人,倒像看一个诱骗者。而那两个女孩却立刻就全明白了，她们拥到布鲁姆费尔德面前，伸出手要钥匙。"等等。"布鲁姆费尔德说，他已经对她们都感到恼火了。时间也渐渐过去，他不能再久待了。要是那女佣能说，她明白了他的意思，会替男孩把一切弄好的，那该多好啊。然而，她仍旧站在底下的门边，像个难为情的重听者那样不自然地微笑着，她可能以为，布鲁姆费尔德在上面突然喜欢上了她的儿子，正听他背诵乘法口诀表呢。而布鲁姆费尔德又不能跑下地下室楼梯，对着女佣的耳朵大声喊出他的请求，愿她的儿子看在上帝慈悲的分上，让他摆脱那两个球吧。他愿意一整天把自己的衣柜钥匙交给这一家人，就已经够克制自己的了。他在这里把钥匙交给那男孩，而不亲自带他上楼，在那里把球给他，这并不是因为爱惜自己的身体。但他总不能先在楼上把球给出去，然后，又从男孩那里夺走吧，因为可以预料到，那两个球会跟在他身后走的。布鲁姆费尔德又开始重新解释，但立刻被那男孩空洞的目光打断了。"你没听懂我的意思？"布鲁姆费尔德几乎是悲伤地问。如此空洞的目光能使人毫无抵御能力。它能诱使一个人说出比想说的更多的话，因为人们想用理智去填满这空洞。

"我们去帮他把球拿来。"那两个女孩喊道。她们很机灵，已经看出，只能通过这个男孩做中介才能拿到球，而且她们必须自己使这个中介起作用。房管员的房间里传出时钟敲响的声音，提醒布鲁姆费尔德要快点儿了。"那你们就拿着钥匙吧。"布鲁姆费尔德说，那钥匙与其说是他递出去的，不如说是从他手中夺走的。要是把钥匙交给那男孩，就会保险多了。"房间钥匙到下面那位太太那里去拿，"布鲁姆费尔德还在说，"你们拿了球回来，必须把两把钥匙都交给她。""知道了，知道了。"两个女孩喊着跑下楼梯去了。她们什么都知道，真是一切都知道，布鲁姆费尔德好像是传染上了那男孩的理解迟钝，现在他自己倒不明白，她们怎么会这么快就从他的解释中弄清楚了一切。

现在，她们已经在下面拉扯着女佣的裙子，但是，不管这一幕多么诱人，布鲁姆费尔德也不能再继续看，她们是怎么完成任务的了，这倒并不完全是因为时间已经晚了，而是因为，球被放出来时，他不想在场。他甚至想在女孩们刚打开楼上他的房门时，就已经走出几条巷子去了。他根本不知道，那两个球还会怎么样！于是，他在今天早上第二次来到外面。他还看见那女佣简直是在竭力抵抗着两个女孩，男孩则挪动着罗圈腿去帮他妈妈。布鲁姆费尔德不理解，为什么像女佣这样的人要在这个世界上生长繁衍。

在去他工作的那家内衣厂的路上，对工作的思考逐渐压倒一切，占了上风。他加快了脚步，尽管那男孩耽误了他的时间，他还是第一个到了办公室。这是一个用玻璃隔开的房间，里面有一张供布鲁姆费尔德用的写字台和两张供他手下的两个实习生用的立式斜面桌。尽管斜面桌又小又窄，像是给小学生用的，办公室里还是非常挤，所以实习生们不许坐下来，否则布鲁姆费尔德的椅子就没地方放了。所以，他们就整天懒洋洋地靠着斜面桌站着。这对他们来说当然很不舒服，而且，也使布鲁姆费尔德很难观察他们。他们常常急切地凑到桌边，但不是为了工作，而是为了相互窃窃私语，有时甚至是为了打瞌睡。布鲁姆费尔德常跟他们生气，在摊派给布鲁姆费尔德承担的大量工作中，他们对他的支持远远不够。他的工作是负责处理与在家干活的女工们的所有货款往来，这些女工是工厂雇来制作某些比较高级的产品的。要评判这项工作的工作量，就必须对整个情况有一个比较深入的了解。但是，自布鲁姆费尔德的顶头上司几年前去世以来，就没有人再了解这一情况了，所以，布鲁姆费尔德也就不能赋予任何人评判他的工作的权力。比如工厂主奥托玛先生就显然低估了布鲁姆费尔德的工作，他当然也肯定布鲁姆费尔德在厂里二十年来所做出的成绩，他这样做不是因为他必须如此，而是因为他尊重布鲁姆费尔德是个忠诚的、值得信赖的人；但他还是低估了布鲁姆费尔德的工作，他认为，这项工作可以比布鲁姆费尔德现在做得更简单些，因而在各个方面带来更多的益处。大家都说，奥托玛之所以很少来布鲁姆费尔德的科室，就是为了免得看见布鲁姆费尔德的工作方法而生气。被人如此误解肯定使布鲁姆费尔德很难过，但也没别的办法，因为他总不能强迫奥托玛连续在自己的科室待上一个月，让他好好研究一下这里所要完成的各种各样的工作，并运用奥托玛自己认为所谓更好的方法，这种做法的后果必然是使科里的工作瘫痪，这时再让奥托玛相信布鲁姆费尔德是对的。因此，布鲁姆费尔德坚定不移地同以往一样完成他的工作，如果隔了很长时间，奥托玛突然来一次，在略感吃惊之余，布鲁姆费尔德仍会本着下级人员的责任感稍微试着给奥托玛讲解这个或那个设备，后者则默默地点点头，低着眼睛继续走他的路，另外，使布鲁姆费尔德难过的倒不是受到这种误解，而是他想到，要是一旦他不得不离开这个岗位，立刻就会出现任何人都应付不了的混乱局面，因为他不知道厂里有谁能代替他，能接替他的职位，使厂子能连续几个月哪怕仅仅避免最严重的生产停滞。要是上司低估某个人，那么其他职员当然就会做得更甚。因此，每个人都看不起布鲁姆费尔德的工作，没有人认为在自己的培训中有必要到他的科室去工作一段时间，如果新招聘了职员，也没有人会自愿要求分到布鲁姆费尔德那里去。所以布鲁姆费尔德的科室后继乏人。此前，科里只有布鲁姆费尔德一个人，还有一个勤杂工相助，所有事情都要自己干，而当他要求雇一名实习生时，竟苦苦论争了几个星期。布鲁姆费尔德几乎每天都去奥托玛的办公室，心平气和地详细给他解释，为什么他那个科室需要一个实习生。需要一个实习生，并不是布鲁姆费尔德自己想偷闲，布鲁姆费尔德不想偷闲，他干着他那份繁重的工作，并不打算停止不干，但是奥托玛先生该想一想，工厂的业务随着时间的推移增加了许多，所有部门都相应地扩大了，只有布鲁姆费尔德的科室总是被遗忘。而恰恰是那里的工作增加了那么多！布鲁姆费尔德刚来的时候，奥托玛先生肯定记不起那个年代了，这个科室只管十个左右的女工，而现在有五六十个了。这种工作量是需要人手的，布鲁姆费尔德可以保证全身心地投入到工作中去，但是，从现在起，他不能再保证全部完成自己的工作。奥托玛先生是从不直截了当地拒绝布鲁姆费尔德的请求的，他不能对一个老雇员这样做，但是，他那根本不认真听的态度，把正在请求的布鲁姆费尔德搁在一边去和别人说话，含含糊糊地答应了，几天后又全都忘了，——这种态度是相当伤人的。其实布鲁姆费尔德倒无所谓，布鲁姆费尔德不是幻想家，不管荣誉和赞扬有多好，他可以不要，无论如何，只要还有一点儿可能性，他就会坚持自己的立场，不管怎么说，他是有理的，而有理最终就会得到承认，哪怕有时需要很长时间。就这样，布鲁姆费尔德最后真的得到了两名实习生，可这是两名什么样的实习生啊。人们简直可以认为，奥托玛已经看出来，他通过答应提供实习生能比拒绝提供实习生更清楚地表示他对布鲁姆费尔德那个科室的蔑视。甚至，奥托玛之所以那么长时间敷衍布鲁姆费尔德，很可能是因为他在找两名这样的实习生，而可以想象，他很长时间找不到这样的人。布鲁姆费尔德现在没法抱怨了，他能料到老板会怎么回答他，他不是得到了两个实习生嘛，尽管他只要求一个；奥托玛把这一切做得如此巧妙。当然布鲁姆费尔德还是在抱怨，但那是被他所处的困境逼的，并不是因为他还需要帮手。他也不是使劲抱怨，只不过是有合适的机会时顺便提一下。尽管如此，在那些怀有恶意的同事中间，不久就流传开这样一个谣言，说有人问过奥托玛，布鲁姆费尔德现在有了这么非同寻常的帮手却还在不停地抱怨，是真的吗。奥托玛回答说，是的，布鲁姆费尔德还在不停地抱怨，但他抱怨得有理。他，奥托玛，终于认识到了这一点，并打算逐步做到，每有一个缝纫女工就给布鲁姆费尔德配备一个实习生，也就是说，总共配备六十个左右。如果这样还不够，他还将派更多的人去，他会一直派下去，直到那所精神病院彻底变成精神病院为止，几年来，布鲁姆费尔德的那个科室已经正在变成一所精神病院。而且说这番话时，奥托玛的说话语气被模仿得惟妙惟肖，但是，奥托玛本人是绝对不会以这种方式谈论布鲁姆费尔德的,哪怕只是相似的方式也不会用,对此,布鲁姆费尔德毫不怀疑。这一切都是二层那帮懒蛋们编造出来的,布鲁姆费尔德对此置之不理,他要是对那两个实习生的存在也能如此平静地视而不见就好了。但是,他们站在那儿,再也赶不走了。他们是脸色苍白、身体孱弱的孩子。根据他们的档案材料,他们已经到了中学毕业的年龄,而实际上,这根本无法让人相信。人们甚至都不愿意把他们托付给老师,他们显然还离不开妈妈。他们还不会正确地活动身体,尤其是刚开始的时候,长时间的站立使他们疲惫不堪。一会儿不注意他们,他们就会因身体虚弱而站不住,斜着身子,弯着背,站在一个角落里。布鲁姆费尔德试图让他们明白,要是他们老是这么贪图舒服,那他们就会落下终身身体畸形。让实习生去办点儿事,是要冒风险的,有一次,一个实习生只需走几步路,但他却过于热心地跑了起来,结果在斜面桌上把膝盖撞伤了。当时房间里满是缝纫女工,斜面桌上堆满了衣服,但布鲁姆费尔德却不得不把一切工作都放在一边,带那个哭哭啼啼的实习生到办公室里简单包扎一下。然而,实习生的这份热情也只是表面现象,他们像真正的孩子一样,有时想出出风头,但更多的时候,或者他们几乎总是想迷惑上司的注意力,欺骗他。有一次,工作最繁忙的时候,布鲁姆费尔德汗水淋漓地从他们身边匆匆走过,发现他们正躲在一包包衣服中间交换邮票。他真想举起拳头给他们的脑袋几下,对他们这种行为,这是惟一可行的惩罚,但他们是孩子,布鲁姆费尔德可不能把孩子打死。于是,他继续忍受着他们带给他的折磨。他本来设想,实习生可以在具体的工作中帮他一把,比如现在正分发活计,这非常费力,而且需要留神。他曾想,他可以站在中间,斜面桌后面,始终可以统观全局,负责登记,那两个实习生则根据他的指示来回奔走，分发活计。他的设想是，在如此拥挤的情况下，不管他的监督多么严格，也还是不够的，那么，实习生们的留心便可以弥补他的疏忽，而他们也可以逐渐积累经验，不用每件小事都得依赖他的指示，最终学会区分出缝纫女工们在活计需求量和可信赖程度上的不同。但是，就这两个实习生而言，这些希望完全落空了，布鲁姆费尔德不久就看出，他根本就不能让他们跟缝纫女工说话。从一开始，他们就不到某些女工跟前去，因为他们讨厌或是害怕她们，而对另一些他们偏爱的女工，他们则常常迎过去，一直到门口。她们想要什么，他们就给送过去，用一种偷偷摸摸的方式塞到她们手里，哪怕那些女工有权接受这些东西，他们在一个空架子上为他们偏爱的女工们搜集各种碎布头和无用的边角料，但也有有用的小东西，他们在布鲁姆费尔德的背后欣喜地挥动着这些东西，大老远地就冲她们示意,他们为此得到的回报是,女工们给他们嘴里塞糖吃。布鲁姆费尔德不久就结束了他们这种胡闹,女工们一来,他就把他们哄进小隔间里。但是,他们一直认为这是一种极大的不公正,他们反抗,故意弄断钢笔,虽然不敢抬起头来,但他们却不时大声敲打玻璃窗,以便让女工们注意到他们的恶劣待遇,他们认为,是布鲁姆费尔德让他们遭受这种待遇的。

而他们自己做的无理之事,这一点他们却不明白。比如,他们到办公室总是迟到。布鲁姆费尔德,他们的上司,从青少年时代起就认为,比上班时间至少早到半个小时是理所当然的,——促使他这样做的不是向上爬的野心,也不是过分的责任感,而是对规矩的某种感觉——多数情况下,布鲁姆费尔德得等一个多小时,他的实习生们才来。通常,他都是一边啃着早餐小面包,一边站在斜面桌后对女工们小账本里的账目进行结算。不一会儿,他便专心致志地埋头于工作，其他什么都不想了。这时，他会被突然吓一跳，惊得连手里的笔都抖动好一会儿。一个实习生闯了进来，他好像要跌倒似的，一只手紧紧扶住什么东西，另一只手捂住胸口剧烈地喘气——但这一切无非表示，他在为他的迟到而道歉，而这道歉是如此可笑，布鲁姆费尔德只得装听不见，因为如果他不这样做的话，他就非得揍这小伙子一顿不可。所以，他只是盯着那家伙看了一会儿，然后伸手指了指隔间，就又扭头去忙他的工作了。这时，人们以为那实习生会看出上司的好意，赶紧走到自己的位置上去。可是不，他不着急，他踮着脚尖，一脚前一脚后，像跳舞似的挪动着。他是想嘲笑他的上司吗？也不是。这只不过又是畏惧和自我满足这两种感觉的混合心理，对此，人们毫无办法。否则，下面的事该怎么解释呢，今天布鲁姆费尔德自己就比平常到办公室晚了，在等了很长时间之后——他没有兴趣去查账，透过那个愚蠢的勤杂工用扫帚在他面前扬起的灰尘，他看见那两个实习生正从小巷里慢慢悠悠走来。他们紧紧搂抱在一起，好像在讲述什么重要的事，而那些事即便和厂里的生意有关，肯定顶多也是一种不合法的关系。越靠近玻璃门，他们的脚步越慢。终于，其中一人握住了门把手，但并不往下压，而是继续讲述着，倾听着，笑着。"给我们的先生们把门打开。"布鲁姆费尔德举起双手冲勤杂工喊道。但是，实习生们走进来后，布鲁姆费尔德却不想跟他们吵架了，他没有回答他们的问候，便走到自己的写字台前。他开始算账，偶尔抬起头来，看看那两个实习生在干什么。其中一个似乎很疲倦，边打哈欠边揉眼睛；他把外套挂到衣钩上时，还利用这个机会在墙上靠了一会儿，在巷子里时他还精神抖擞，但一开始工作他就疲惫不堪。另一个实习生倒是有兴趣工作，但只是对某些工作感兴趣。比如他一直希望能扫地。

但是这不是他该干的活儿,扫地是勤杂工的工作;实习生要扫地,本来布鲁姆费尔德也没什么好反对的,就算他扫地,也不会比勤杂工干得更差,但是,如果实习生想扫地,那他就得早来,在勤杂工开始打扫之前来,不许用处理办公室事务的时间来扫地。如果这个小伙子已经不能进行任何理智的思考了,那么那个勤杂工,那个除了在布鲁姆费尔德的科室,不会被老板安排在其他任何部门的,仅仅靠上帝和老板的恩赐活着的半瞎老头儿,他至少会好说话,让这小伙子拿一会儿扫帚,但这小伙子笨手笨脚的,一会儿就会失去对扫地的兴趣,于是就会拿着扫帚去追勤杂工,劝他再去扫地。而事实上,那勤杂工似乎恰恰对扫地特别尽职尽责,能看出来,那小伙子刚一接近他,他就用颤抖的双手把笤帚握得更紧了,他情愿站着不动,以便让所有人都注意到,笤帚是在他手中。那个实习生不是用语言去请求,因为他害怕表面上正在算账的布鲁姆费尔德,而且,一般的语言也没有用,只有大声喊叫,勤杂工才能听见。于是,实习生先是拽勤杂工的衣袖。勤杂工当然知道是怎么回事,他阴沉着脸看着实习生,边摇头边把笤帚往自己身边移,一直移到胸前。实习生又双手合十请求。他当然也不指望能通过请求达到什么目的,他只是觉得这样请求挺好玩,所以才请求。另一个实习生一直观察着这整个过程,边看边轻声地笑,他显然以为布鲁姆费尔德听不见他,尽管他这么以为是令人费解的。请求对勤杂工丝毫不起作用,他转过身,以为现在又可以安全地使用笤帚扫地了。但是,那实习生踮着脚尖在他身边跳来跳去,恳切地搓着双手又到这边来请求他了。勤杂工又转身,实习生又跟着跳,这样重复了好几次。终于,勤杂工觉得四处都被堵住了,他发觉,这样下去,他会比实习生先累的,其实,这一点,他只要稍微用点儿脑子,一开始就该发觉。于是,他就寻求别人的帮助，用手指指着布鲁姆费尔德威胁实习生，要是实习生再纠缠下去，他就去告状。实习生现在看出，他要是想得到笤帚，就得赶紧下手了。于是，他粗暴地伸手去夺笤帚。另一个实习生下意识的尖叫预示了他做出的决定。这一次，勤杂工尽管后退一步，把笤帚往后移了一下，保住了笤帚。但是，实习生不再让步了，他张着嘴，两眼冒光，冲上前来，勤杂工想跑，但他那两条老腿直抖，根本跑不动，实习生抓到了笤帚，尽管他也没抓到手里，但他使笤帚掉到了地上，这就等于勤杂工把笤帚丢了。但是，实习生看来也丢掉了笤帚，因为笤帚掉到地上时，三个人，两个实习生和勤杂工，都一下子惊呆了，因为他们想，布鲁姆费尔德现在肯定什么都看见了。的确，布鲁姆费尔德抬头从观察口看出来，好像他现在才注意到这事，他用严厉、审视的目光打量着每一个人，连掉到地上的笤帚都没放过。也许是沉默的时间太长了,也许是那惹祸的实习生抑制不住自己想扫地的愿望,总之,那实习生弯下腰,当然是极其小心翼翼地拿起笤帚,好像他拿的不是笤帚,而是一只动物,他用笤帚轻掠地面,但是,当布鲁姆费尔德跳起来,从隔间走出来时,他立刻惊恐地扔掉了。"两个人都去干活,不许再胡闹了。"布鲁姆费尔德吼道,一边伸手指着路,让那两个实习生到他们的斜面桌那里去。他们马上就听从了,但不是惭愧地低着头,而是直挺挺地旋转着身子从布鲁姆费尔德身边走过,死死盯着他的眼睛,仿佛想以此来阻止布鲁姆费尔德打他们。然而,凭经验他们完全可以知道,布鲁姆费尔德从来不打人。但是他们过于害怕了,因而没有任何温情,总是试图维护他们那些真实或虚假的权利。

任卫东 译

#  Franz Kafka
Das erzählerische Werk

## Beim Bau der Chinesischen Mauer

〖桥〗

我僵硬而冰冷,我是一座桥,架在深渊之上,这一头用我的脚尖,那一头用我的双手插入地里,在碎泥中我咬紧牙关坚守着。衣摆吹向一旁。底下冰凉的溪水在咆哮,没有游客会走到这崎岖的山路上来,桥还没有画进地图。——我就这么躺卧着,等待着。我必须等待。没有一座建成的桥在崩塌之前能够停止作为桥而存在。除了崩塌,一座建成的桥只能作为桥而存在。

有一次接近黄昏的时候——我不知道是第一个还是第一千个黄昏——我的思路老是乱成一团,又老是绕着圈转。夏天里接近黄昏的时候,溪水声较为深沉。这时我听到一个男子的脚步声!到我这儿来,到我这儿来,伸展你的身体。桥,打起你的精神,没有栏杆的梁木,好好守护住交托给你的人,在他不知不觉中平衡他不稳的步履,如果他摇晃欲倒,那么就显出真身,像山神一般把他抛上陆地。

他来了,用他手杖包铁的尖端试探地敲击着我。接着,他用它挑起我的衣摆,整齐地搭在我身上,又把它插在我蓬乱的头发中,久久不拿出来,可能同时急躁地四处张望着。可是接着——正当我想象着跟他越过高山和低谷时——他纵身一跳,双脚踩到我身上。毫无准备的我在可怕的疼痛中战栗着。那是谁? 是个孩子? 是个体操运动员? 是个大胆冒失的人? 是个想自杀的人? 是个诱人上钩者? 是个毁灭者? 我转着身想看看他。——桥会自己转身! 我还没有完全转过身就塌陷了。我陷落着陷落着,就已粉身碎骨,被底下急流中一向安静和平地凝视着我的尖尖的小石子刺穿了身子。

谢莹莹 译

Franz Kafka
Das erzählerische Werk

Beim Bau der Chinesischen Mauer

【猎人格拉胡斯】

两个男孩骑在码头的矮墙上掷骰子玩。纪念碑前的石阶上，一个男人坐在那挥舞着宝剑的英雄的阴影下看报。井边有个姑娘在往自己的桶里灌水。水果小贩躺在他的货堆旁，眼睛朝湖上望去。透过没有玻璃的门框窗框，看得见酒店的深处有两个汉子在喝酒。店老板坐在前面的一张桌子旁打盹儿。一叶仿佛被托在湖面上的小舟游游荡荡地漂进小港里。一个穿着蓝上衣的汉子跳上岸，将缆绳穿进岸边的锚环里。另外两个身穿缀着银纽扣黑上衣的男子抬着一副担架随着船主上了岸。担架上盖着一块饰有缨穗的大花丝巾，下面显然躺着一个人。码头上，没有人去留意这些新来的人，就连他们放下担架等着仍在拴缆绳的船主时，谁也不凑上前去，谁也不去问一问，谁也不仔细瞧瞧他们。这时，从舱里钻出一个披头散发的女人来,怀里抱着吃奶的孩子,船主又让她耽搁了一会儿。他随后走过来,指了指左边一座临湖矗立的三层黄房子,于是这两个汉子又抬起担架,穿过那道低矮的、由几根又细又长的圆柱支撑着的大门。一个小伙子打开窗户,刚巧看见这一行人消失在楼房里面,便赶忙又关上窗户。那扇用厚实的栎木精心拼成的大门现在也关上了。一群一直绕着钟楼飞来飞去的鸽子这会儿纷纷落在楼前面。这些鸽子一个个聚集在楼门前,好像楼里储藏着它们的食物。有一只鸽子飞到二层楼上冲啄着窗玻璃。这是些浅色的、饲养精良活泼可爱的鸽子。船上那个女人使劲地向它们撒去谷粒,它们一一地啄净地上的谷粒,然后又朝那女人飞去。一条条又窄又陡的小胡同通到码头上。从其中一条胡同里走下来一位老人,头上戴着围有黑纱的大礼帽。他十分留意地东瞧瞧西望望,惟恐错过了什么的样子。他看见一个墙角上有堆垃圾,脸都气歪了。

纪念碑的台阶上零零散散地扔着果皮，他走过时用手杖一一将它们拨下去。到了那圆柱门前，他一边敲门，一边把帽子摘下来拿在戴着黑手套的右手上。门立刻就开了。长长的过道上，约摸有五十来个男孩夹道鞠躬迎候着这位先生，船主从楼梯上走下来欢迎他，领他上楼去。二楼上，他们一起沿着那环绕庭院建得十分轻盈的柱廊走去，两人最后跨进楼房后边一间凉飕飕的大屋里。孩子们保持着敬畏的距离跟着拥过去。楼背面没有房舍，看到的只是一面光秃秃的灰黑色的岩壁。这时，两位抬担架的汉子正忙着给担架的两头插上几支长长的蜡烛点燃起来。然而，屋里并没有因此生出光亮来，充其量不过把先前静止不动的阴影吓得跳了起来，颤颤抖抖地在墙壁上摇晃。盖在担架上的丝巾拉开了，上面躺着一个男子，头发和胡须乱糟糟地长在了一起，皮肤黝黑，看上去像个猎户。他一动不动地躺在那里，似乎喘不上气来，双眼紧闭。尽管如此,光是那周围的布置就告诉说,这也许是个死人。

那先生走到担架跟前,一只手摸着这位躺在担架上的人的额头,然后跪下来祈祷,船主示意两位抬担架的人离开房间。他们走出屋子,赶走了那群聚集在门外的男孩,并且拉上了门。这位先生似乎对这随之而来的静寂还不满意;他眼睛盯着船主,船主明白了他的意思,便从侧门退进隔壁房间去。这时躺在担架上的人立刻睁开眼睛,苦笑着把脸转向这位先生问道:"你是谁?"这位跪在旁边的先生面无惊色地挺起身来回答说:"里瓦市市长。"躺在担架上的人点点头,有气无力地伸开手臂指着一把椅子,等市长应邀坐定后,他说道:"这我知道,市长先生,可是在刚一睁开眼的瞬间,我总是把什么都忘得一干二净,我觉得一切都在兜圈子,所以尽管我什么都知道,还是问一问更好。您大概也知道,我是猎人格拉胡斯。""当然知道了,"市长说,"我是昨天夜里得知您要光临。我们早都睡了。快到午夜时分,我妻子叫醒我说:'萨尔瓦托'——这是我的名字——'你瞧窗前有只鸽子。'我一看确实有只鸽子,可大得像只公鸡。它飞到我耳边说:'已故猎人格拉胡斯明天要来,你以全城的名义去接待他吧!'"猎人点点头,舌头在唇间伸来伸去:"是的,那些鸽子先我飞来了。可是,市长先生,您认为我该不该留在里瓦呢?""这个我还不能说,"市长回答道,"您死了吗?""死了,"猎人说,"正如您所看到的。许多年前,这肯定是许多许多年前的事了,我在黑森林——这是德国的一个地方——里追赶一只羚羊时从悬崖上掉了下去。从那时起我就死了。""可您不是还活着吗?"市长说。"在某种程度上可以这么说,"猎人说,"在某种程度上说我还活着。我的死亡之舟走错了航向,我不知道是怎么回事,是扳错了舵,还是向导一时心不在焉,或者让我家乡那美丽迷人的风光弄偏了方向。我只知道一点,那就是我留在了人间,我的小舟从此便航行在这尘世的河流上。这样一来,我这个只愿意生活在深山里的人死后便在人间各地漫游。""难道说您就跟天堂无缘吗?"市长皱着额头问道。"我,"猎人回答说,"我始终踏在通向天堂的大梯上。我在这无限漫长的露天阶梯上徘徊着,时而在上,时而在下,时而向左,时而向右,永不停息地运动着。然而,每当我使出最大的气力眼看着天堂的大门已在向我频频招手时,我却在自己那破旧的、孤零零地停滞在某条尘世的河流上的小舟里苏醒过来。在我的舟舱里,我那一次死去的根本错误在嘲笑着我,而船主的妻子则会敲敲门走进来,把我们正航行在其岸边的国度的清晨饮料送到我的尸架前。""一个厄运啊,"市长打着拒绝的手势说,"难道您对此没有一点错吗?""没有,"猎人说,"我是猎人,这难道是错吗? 我作为猎人栖息在黑森林里,那里当时还有狼哩。我埋伏以待,开枪射击,打中后就扒下皮,这难道是错吗? 我的工作得到了赞扬,人家称我是黑森林里的伟大猎手,这难道是错吗?""我不是奉命来评说是非的,"市长说,"可我也觉得错不在其中。那么,究竟又是谁错了呢?""船主,"猎人说——

〔此处有缺失〕

"那么您现在打算留在我们里瓦吗?"市长问道。"我们没有这个打算,"猎人一边微笑着说,一边把手搭在市长的膝盖上,以抹去这话里的嘲讽意味,"我眼下在这儿,更多的就不知道了,更多的也无能为力了。我的小舟没有了舵;它随着呼啸在死亡最底层的风漂行着。"

韩瑞祥 译

Franz Kafka
Das erzählerische Werk

Beim Bau der
Chinesischen Mauer

中国长城建造时

中国长城的最北端已经竣工。修城工程当时是同时从东南和西南方向此地一路伸展过来的,最后连为一体。这种分段修城的方式也体现在东西两路劳动大军的具体施工当中。做法是这样的,大约二十个民工组成一个修城小分队,每一个小分队负责承修约五百米长的一段城墙,相邻的一个小分队则在相对的方向修建一段同样长的城墙。可是在两段城墙合龙之后,不是在这一千米城墙的末端再接着修下去,民工们相反被派往全不相干的地方。这样自然就留下了许多大的缺口,这些缺口只能逐渐地慢慢地填补起来,有些甚至是在整个工程宣告完工以后才补上。而且据说有些缺口根本就没有再被堵塞起来,当然这只是一种说法,很可能属于那类围绕着长城而产生的各种传说,由于长城工程的漫长,这些传说至少对我们每一个人来说是无法用自己的眼睛和标准去证实的。

人们或许一开始就会相信,无论从哪方面看,连成一体的修城方式或者至少在两大主要部分内连成一体来修要有利得多。按一般流行和众所周知的说法,修长城是为了防御北方民族。一个不连贯的长城又怎么能起到防御作用呢? 当然不能,一个这样的长城非但不能防御,修城工程本身就处在不断的危险之中。那一段段孤零零立在荒凉地带的城墙会很容易一再遭到游牧民族的破坏,尤其是当时这些游牧民族出于对长城工程的恐惧,以令人不可思议的速度像蝗虫般地改换他们的住地,所以对工程的进度也许比我们这些修墙的人了解得还要清楚。尽管如此长城大概非这样修不可。要想明白这一点,就得考虑下面这一事实:长城应当为今后几百年乃至上千年提供防御,所以最精心的施工、利用所有以往时代和民族的建筑智慧以及修城工人始终怀有的个人责任感,是整个工程必不可少的前提。虽然可以从民间调用一些没有知识的民工来从事一些下等的工作，比如那些愿意为了较好的报酬出来工作的男人、妇女和儿童；然而，仅是指挥四个民工就需要一个有头脑、学过建筑业的人；这个人要能够对整个工程的关键所在心领神会。责任越大，要求也就越高。而这样的人还真找得到，即使没有长城工程本应需要的那么多，数量却也相当可观。

　　人们不是轻率地就动手修建长城的。工程开始五十年前，那时已决定修墙将整个中国围起来，在全国，建筑艺术，特别是泥瓦匠手艺就被宣布为最重要的科学，而一切其他领域只有在与其有关的情况下才被予以承认。我还很清楚地记得，当我们还是小孩子的时候，连站都还站不稳，我们是如何不得不立在老师的小花园里用小石子堆砌一种墙，而老师又是怎样提起长袍，跑着冲向那墙，当然把那墙全撞翻了，尔后他又是怎样为了我们的墙修得不好而狠狠地责备我们，以至于我们号哭着四散奔去找我们的父母。一件极小的事情，可是却很典型地表现了当时的时代精神。

我很幸运，当我二十岁通过小学毕业考试时，长城工程刚好开始。我说幸运，是因为从前许多人达到了他们所能享受到的最高教育后，多少年学无所用，脑子里幻想着最宏伟的筑城计划，却无所事事，四处闲逛，大批人就此潦倒一生。而那些终于以领队的身份加入修城大军的人，哪怕是最低级别的，也确实是当之无愧。那是些对修城进行过许多思考，而且从不停止思考的泥瓦匠，在让民工把第一块石头埋入土中时，他们就感到同工程融为一体了。当然这些泥瓦匠的动力除了一丝不苟工作的欲望外，还有那盼望有朝一日能看到整个长城完工后的全貌的迫切心情。民工们是没有这种迫不及待的心情的，他们的动力只是工钱。级别高的领队们，就是那些中等级别的领队们，对多方面进展的工程也能够有足够的了解，从而得到精神上的支持。可是对那些级别低、精神上远高于他们表面从事的工作的民工们，则必须采取另外的预防措施。譬如不能让他们在一个远离他们家乡几百里的荒凉山区几个月，乃至几年之久一块接一块地堆砌城砖。这种艰辛的，然而就是劳累一生也无望达到目标的工作会使他们绝望，而且首先是会使他们对所从事的工作变得渐无价值。所以选择了分段修建的方式。五百米城墙大约可以在五年中修成，那时，在一般情况下队长们自然已是精力衰竭了，失去了所有对自己、对长城、对世界的信任。所以当他们还处在欢庆一千米城墙合龙的高昂激情中时，就把他们派往很远很远的地方。旅途中他们不时在这里或那里看到耸起一段段已经完工的城墙，他们经过级别更高的领队们的驻地，接受向他们馈赠的荣誉勋章，他们听到从内地省份涌来的新的劳动大军的欢呼，看到大片森林被砍伐用来做修墙的脚手架,看到一座又一座山被凿成城砖,他们在神圣的宗教场所听到虔诚的信徒咏唱,祈祷长城的完工。经历了这一切,他们的焦躁心情渐渐平息下来。他们在家乡住上一段时间,那里安静的生活使他们恢复了体力。所有修城工人享有的威望,人们聆听他们报告时所表现出来的笃信和恭敬,普通安分的百姓对长城终会完工怀有的信任,所有这一切又绷紧了他们的心灵之弦。于是,像永远希冀着的孩子那样,他们向故乡告别,重新投身全民工程的心情已是急不可待。他们假期未满便提前返回,半个村子的乡亲远远地送他们上路。一路上到处都是人群、彩旗。在这之前他们从未看到过他们的国家是这样的辽阔、富饶、美丽和可爱。每一个同胞都是兄弟,修一道防御的长城就是为了他们,而他们则尽其所有,以自己的全身心终生感谢。统一!统一!胸贴胸,跳起民众的轮舞,热血不再被禁锢在每个人微不足道的躯壳内,而是甜甜地奔流着,却又是反反复复地循环在广阔无垠的中国大地。

也就是说这样来看的话,分段修建方式是可以理解的,不过大概还是有其他的原因。我在这个问题上耽搁这么久也不足为怪,这是整个长城工程的核心问题,虽然乍看起来它似乎无关紧要。如果我想介绍一下那个时代人们的想法和经历,而且又要讲得明白,恰恰是在这个问题上我怎么深究都不为过。

首先我们大概还是得承认,当时人们所付出的努力不逊色于修建巴别塔的时候,然而在敬神方面的表现,至少按一般人的看法,却恰恰与那次建筑时相反。我之所以提到这一点,是因为在长城工程的开始阶段有一位学者写过一本书,书中他很详细地做了这样的比较。他试图证明,巴别塔绝不是由于一般公认的原因而未能竣工,或者至少在这些已知的原因中没有包含最重要的原因。他的证明材料不仅仅有文献和报告，而且他还自称实地做过调查，调查中发现，塔的建造失败在，也必然失败在地基太弱上。在这一方面我们的时代当然要比那早已逝去的时代优越得多。几乎每一个受过教育的人都学过泥瓦匠，在打地基问题上是内行。可是那位学者想说明的并不是这一点，他断言，只有长城才会在人类历史上第一次为一座新的巴别塔创造一个坚实的基础。也就是说先修长城，然后再建塔。这本书当时广为流传，可是我承认，直到今天我还不大明白，他是怎样设想那塔楼的建造的。本身连个圆都不是，而只是一种四分之一或半圆的长城，能成为一座塔楼的基础吗？这恐怕只能是指精神方面。可是那又为什么要修长城呢？它是实实在在的东西，是几十万人劳瘁和生命的结果。为什么要在书中绘出修造塔楼的，当然是模模糊糊的草图，做出那些详细入微的建议，即该怎样在庞大的新工程中把民众的力量汇集到一起呢？

当时——这本书只是一个例子——人们的头脑十分混乱，或许正是因为这么多人试图为了尽可能达到一个目的而聚集在一起。人的本性是轻率的，天生就像飞扬的灰尘，忍受不了束缚；如果是自己给自己戴上了枷锁，他就会马上开始疯狂地扯动锁链，把城墙、锁链和自己撕碎，抛向四面八方。

有可能这些同修建长城甚至相悖的想法领导层在决定分段修建时也是考虑到了的。我们——我在这里大概是以许多人的名义说——实际上是在揣摩最高层领导的指示时才认识了我们自己，才发现，如果没有领导，我们的学问和见识都不足以使我们胜任我们在整个伟大工程中所承担的渺小的职务。在领导的工作间里——这工作间在哪儿，谁坐在那里，我所问过的人中，过去没有，现在也没有一个人知道——旋转着大概所有人类的思想和愿望，在相反的方向则旋转着所有人类的目标和满足。

而透过窗户，神灵世界的光辉返射在领导人正描着图的手上。

所以，对于不囿于成见的旁观者来说不能想象，领导人们若是真心愿意的话，会克服不了修建一座连在一起的长城可能出现的困难。那么就只能得出这样的结论了：领导们是有意决定分段修建的。可是分段修建只是一种应急措施，很不实际。再余下的结论便是：领导们想要的就是一种不实际的东西。奇怪的结论！显然是的，但是这一结论从另一方面看却又有些道理。人们今天可以谈起这些也许不至于冒什么风险。而当时许多人，甚至是最优秀的人的秘密原则是，尽己所能来理解上边的指示，但是只能到一定的程度，然后就得停止思考。一个很明智的原则，这个原则还可以通过一个后来常被人引用的比喻得到进一步的解释：不是因为会对你有害而让你停止思考，而且也完全不能肯定就会对你有害。这里根本谈不上有害还是无害。等待着你的就像那春天的河流。河水涨起来，水面变得越来越宽，更有力地滋养着长长两岸的土地，它保留着自己的本性继续流向海洋，变得同海洋越来越接近，越来越受到海洋的欢迎。——对领导指示的思考就到此为止。——但是随后河水就会漫过堤岸，失去它的轮廓和形状，减缓向下游的流速，并试图违反自身的规律在内陆续形成许多小湖，损坏成片的田野，可是河水却也不能长久地维持着这种泛滥的状况，而是又重新流回堤岸，甚至在接下来的炎热季节可怜地枯竭。——对领导指示的思考不要到这个程度。

这个比喻在修建长城的时候可能非常贴切，可是对我现在的论述它的准确性就很有限了。我所做的不过只是一种历史性的调查；早已消散了的乌云中不再有电闪雷击，所以我可以就分段修建来寻找一个解释，一个要比当时所能令人满意的更进一步的解释。我思维能力的范围已是相当狭窄，而这里要涉及的领域却是漫无边际的。

　　修长城是为了防御谁呢？是为了防御北方民族。我的家乡在中国的东南部。没有北方民族能在那里威胁我们。我们是从古人的书中了解到有关他们的情况的。读到他们那些由天性所决定的残暴行为，我们会禁不住在自己安静的花园小屋里大声叹息。在艺术家逼真的画卷上我们可以看到那些可诅咒的脸，看到那大张着的嘴、龇露着的长牙，那细眯着的眼睛，好像已在瞟视着猎物，就待用嘴来碾碎撕烂了。如果孩子们不听话，我们就拿出这些画来给他们看，而他们就会马上哭泣着扑向我们的怀抱。可是关于这些北方民族的情况，更多的我们也就不知道了。我们没有见过他们，而且如果我们一直待在村子里，也就会永远见不到他们，就算他们骑着野马径直向我们扑来，追逐我们。——国土无垠，他们到不了我们这里，他们将四处奔逐，直至烟消云散。

情况既然是这样，那我们为什么还要离开家乡，离开那里的河流和桥梁，离开母亲和父亲，离开哭泣着的妻子、需要教导的孩子，到远处的城里去上学，而我们的思想则已飞到了更远的北方的长城呢？为什么呢？去问领导吧。他们了解我们。他们，满怀忧虑，知道我们的情况，知道我们的小本经营，看见我们大家一起坐在低矮的茅屋里，父亲晚上带领家人做的祷告有时令他们满意，有时也会引起他们的反感。如果允许我这样来想我们的领导人的话，那我就得说，我认为我们的领导层早就存在着了，它的产生不是像那些朝廷的高级官员，这些人会在一个清晨美梦的感召下，匆匆忙忙召集开会，匆匆忙忙做出决议，当天晚上就把老百姓从床上敲起来去执行这些决议，哪怕只是为了举行一个灯会来纪念一位昨天向他们显灵的神，而在第二天早上，灯刚一灭，就在一个黑暗的角落里殴打他们。事实是领导层大概是自古以来就有，修长城的决定也是如此。无辜的北方民族以为修城是因了他们的缘故，可敬无辜的皇帝，他以为修城是他的旨意。我们修城的人知道不是这样，可是我们缄口不言。

早在修长城的时候，后来直至今天我几乎只在潜心研究比较民族史 —— 有些问题只有用这种方法才能触及实质 —— 研究中我发现，我们中国人有着某些机构异常清楚的民间及国家设施，另外有一些又是异常模糊。探究其中的原因，特别是这第二种情况，一向就是我的兴趣所在，现在依然如此，而这些问题也在很大的程度上涉及长城的修建。

无论从哪方面看，帝国制度就属于我们那些最不明确的机构。当然在北京，乃至宫廷官僚当中对这个问题人们多少还是有些明白的，即使这种明白与其说是真的还不如说是表面上的。高等学堂的国家法和历史老师们也声称，对这方面的事情了如指掌，能把这些知识继续传授给学生。学校的级别越低，不言而喻人们对自己知识的怀疑也就越小，围绕着几百年来留传下来的很少几句名言泛滥着山一样高的浅薄和无知，这些至理名言虽然没有失去它们永恒的真实性，然而在这迷雾的包围中也就永远不会被人真正发现。

可是在我看来恰恰是就帝国本身应该问一下老百姓。因为帝国的最后支柱正是他们。这里我当然又是只能谈谈我的家乡。除了土地神以及一年四季为了供奉它们而进行的种种丰富多彩的祭祀仪式外，我们的思想就只围绕着皇帝转。但不是当今的皇上；或者更确切地说，如果我们能认识他或者知道一些有关他的事情的话，我们会想到当今的皇上。我们当然——这是我们心中惟一的好奇——一直在试图打听到任何一些这样的事情，可是，虽然听起来奇怪，却几乎没有可能去了解到什么，从香客那儿打听不到,尽管他们云游四方,在远近的村庄打听不到,向船夫也打听不到,虽然他们不仅在我们家乡的小河上航行,而且也在神圣的大江上来往。我们虽然听到很多事情,可是从中却得不出什么结论。

我们的国家是如此幅员辽阔,没有一个童话能够得上它的广袤,就是天空也几乎遮不住它,—— 而北京不过只是一个点,皇宫不过是点中之点。皇帝本人当然又因为是居于世界大厦的顶层而高大。可是那活着的皇帝,像我们一样的人,却跟我们一样躺在一张沙发榻上歇息,这床榻虽然算是相当宽绰,可是毕竟可能还是又窄又短。像我们一样,他有时伸伸懒腰,如果他很累,他就张着那线条柔和的嘴打呵欠。然而我们 —— 在几千里之外的南方 —— 怎么会知道这一切呢,我们住的地方差不多已与西藏高原接壤。另外,就算每一个消息能传到我们这儿,可等到了这里也已是太晚、早就过时了的。皇帝的周围拥满了服饰华丽却内心阴暗的侍臣——侍从和朋友的外衣之下隐藏着恶毒和敌意——这是些同帝国相抗衡的力量,总是在企图用毒箭把皇帝从权力的天平上射下来。帝国是不朽的,可是每一个皇帝都会陨落、倒台,甚至整个朝代会最终灭亡,会挣扎着咽下最后一口气。这些明争暗斗和痛苦老百姓永远也不会知道,他们就像来迟了的人、像乡下佬一样站在挤满了人的小巷巷尾,静静地嚼着带来的干粮,而在市场中央,在远靠前面的地方,对他们的君主的处决正在进行。

有一个传说很能表达出这一关系。传说皇上给你个人,你这可悲的臣民,你这渺小的、在皇上的阳光照耀下逃到了最远的远方去的影子,恰恰皇上在临终前从他的卧榻上给你下了一道谕旨。他让使者在榻前跪下,好把这旨令悄悄地说给他。这旨令对他来说是如此要紧,以至于他让使者在耳边再重复给他听。他点点头,表示使者所说的是正确的。临死前他当着全体朝臣的面——一切有碍视线的墙壁被拆毁,在宽阔的、高高向上延伸的露天玉阶上帝国的大人物们围成一个圈——当着所有这些人的面他遣走了使者。使者随即就上了路,这是一个强壮的、不知疲倦的人;他一会儿伸出这条胳膊,一会儿伸出另一条胳膊,在人群中为自己开路;遇到了抵抗,他就指指胸前那有着太阳标志的地方;他快步向前,比任何一个人都容易。可是人是这样多;他们的住宅一间接一间,望不到边际。要是敞开一块空地,他将会怎样的健步如飞,而你就会马上听到他的拳头敲打你的门的美妙声音。可是事实正相反,他是多么白费力气,他依旧还在试图挤出最里层皇宫的房舍;他永远也征服不了它们;就算他成功了,也无济于事,他还得挤下台阶;就算他成功了,也无济于事,还得穿过众多的庭院;而出了庭院则是第二层宫阙;随后又是台阶和庭院;又是一层宫阙；就这样几千年地延续下去；就算他终于冲出了最外面的宫门——然而这永远永远也不会发生——横亘在他面前的还有整个的京城，这世界的中心，密密麻麻地居住着社会最底层的沉渣。没有一个人能从这儿冲得出去，更不用说还揣着一个死者的旨令。——可是，每当傍晚降临的时候，你却坐在你的窗前，梦想着这个谕旨。

我们的人民正是这样看待皇帝，这样的毫无希望而又充满希望。他们不知道正在当朝的是哪个皇帝，甚至对朝代的名称也存在着怀疑。学校里学生们按前后顺序学习着许多有关这些朝代的知识，但是人们普遍对此感到没把握，以至于连最好的学生都受到了影响。早已死去了的皇帝在我们的各个村庄里被认为还在当朝，而那个仅仅活在歌谣中的皇帝不久前却发来了一道诏书，由牧师在祭坛上宣读。我们最古老历史上的某些战役现在刚刚打响，邻居满脸兴奋地带着这个消息冲进你的家里。皇妃们倚靠在丝枕上，在狡诈侍从的诱惑下忘掉了贵族的礼仪，她们统治欲膨胀，贪婪粗暴，荒淫无度，她们无休止地一再干着坏事。时间过去得越久，她们的种种恶行在人们的眼里就越显得可怕。终于有一天，当村民们听到一个皇后是如何在几千年以前大口地吮吸她丈夫的血时，才不由得大放悲声。

人民就是这样对待过去的统治者，却把当今的君主们同死人混在一起。假如人的一生中能遇到过那么一次，一个在省里巡视的钦差大臣偶然来到我们的村庄，以执政者的名义提出一些要求，审查税单，在学校里听课，并向牧师询问我们的作为，然后在登轿之前将所有这一切归纳进他的长篇训话，向被赶拢来的村民们宣读。那时大家的脸上便掠过一丝微笑，人们偷偷地相互看看，或者向孩子们俯下身去，为了不让那钦差大臣看见自己。他们在想，他怎么谈到一个死人像在谈一个活人一样,那个皇上不是早就死去了吗,那个朝代也是早就灭亡了的,这位大臣先生在笑话我们,可是我们得装得好像什么都没发现,好别得罪了他。我们真正服从的只有我们眼前的君主,因为若不这样的话,我们就会犯罪。在那钦差大臣匆匆离去的轿子后面,人们随便从一个早已腐烂了的骨灰盒里扶起来的一位,跺跺脚就晋升为一村之主。

与此相似,我们那儿的人在一般情况下也很少受到国家变革、各个时代战争的影响。这里我想起了发生在我青年时代的一件事情。在一个邻近的,可当然还是相当远的省份爆发了一次起义。原因我记不起来了,在这里也不重要,起义的原因那个地方每天都会产生,那是一群好激动的民众。一次,一个途经那个省的乞丐把起义者的一份传单带到了我父亲的家。那天正是一个节日,我们家里坐满了客人,牧师坐在房间的正中央，仔细地看那传单。忽然大家都笑了起来，那一纸传单在喧闹中被撕得粉碎，那个乞丐，当然已得到了丰厚的馈赠，被推搡着赶出门外，大家四散开来，各去安排自己轻松愉快的一天。为什么呢？邻省的方言同我们的区别很大，而这也表现在书面语言的某些形式上，在我们听来就有点古文的味道。牧师还没读完两页，人们的结论就已经下了。老掉牙的东西，早就听说过了，那些痛苦早就不再放在心上了。虽然——我现在回忆起来好像是这样——乞丐的身上明明白白地显示着那可怕的生活，人们却笑着摇摇头，什么也不想再听。在我们那儿人们就是这样情愿忘掉现实。

如果有人想根据这些现象得出结论，我们实际上根本没有皇帝，那他离真情也就不太远了。我必须一再声明：或许没有比我们南方的百姓更忠实于皇帝的了，可是这忠诚没给皇帝带来什么好处。虽然在村口的小柱子上盘踞着一条神龙，有史以来就朝着北京的方向喷吐火焰，表示忠心，可是北京本身对村民们来说要比来生来世还陌生得多。真有那么一个村庄，那里的房屋鳞次栉比，一望无际，比站在我们村里的小山上望得到的还要远，街上昼夜人头攒动吗？对我们来说与其想象一座这样的城市，还不如相信，北京和皇帝是一回事，就像一片云，在阳光下随世纪的更迭静静地浮游。

这类看法的结果则是一种某种程度上的自由和无约束的生活。绝不是放荡不羁，在我众多的旅行中我还几乎从来没见到过像我们家乡那样纯洁的道德风尚。—— 然而这却是一种不受任何一条当今法律制约的生活，只信服从古代流传下来的训诫和铭文。

我不想一概而论地断言说，在我们省一万个村庄里，甚至在中国所有五百个省情况都是这样。可是或许我可以根据我就这一题目读过的许多文章及我自己的观察 —— 特别是在修建长城的时候，人这种原材料使敏感的观察者有机会在几乎一切省份人们的心灵中遨游——根据所有这一切我或许可以说，关于皇帝存在着的看法各处同我们家乡的总是有着某种共同的特征。我绝不是认为持有这种看法就是一种美德，正相反。虽然产生这种看法主要应由政府自己负责，它至今都未能在地球上最古老的国家或者是因了别的事情疏忽了就帝国的机构建立起一个明确的体系，从而也能使帝国最遥远的边疆处于其直接的和不间断的控制之下。另一方面这里也存在着人民在想象力和信仰力方面的弱点，他们未能把帝国从北京的梦幻中活生生地、真实地拉到自己臣民的胸前，虽然臣民们梦寐以求的就是哪怕只感觉一次这种接触，沉醉于这一幸福之中。

也就是说这种看法算不上一种美德。然而更为奇特的是，恰恰这一弱点却似乎是统一我们人民最重要的手段之一，是的，如果允许我这样大胆地说的话，这种看法恰恰是我们赖以生存的土壤。在这一点上详加论述，批评责难，那不是在向我们的良心呼吁，而是要糟糕得多，那是在摇撼我们立足的根基。所以我在调查这个问题时暂时不想再深究下去。

薛思亮 译

Franz Kafka
Das erzählerische Werk

Beim Bau der
Chinesischen Mauer

【敲门】

那是夏季燠热的一天。我和妹妹在归家途中经过一家宅院的门口。我不知道她是出于轻率鲁莽还是因为心不在焉,拍了一下宅院的大门,或者她只是比划了一下而未曾真的打到门。我们大约走了百步远,到了公路左拐处,那儿正是村头。我们不认识这个村庄,可是,过了第一家人家便立刻有人出来,他们或是友善地或是带着警告地招呼我们,他们显得很惊恐,因为惊恐而弯腰低头。他们指着我们刚才经过的大院,让我们别忘了刚才敲过院门。院子主人会控告我们,很快就要审讯。我很沉着,还安慰着妹妹。她很可能根本就未曾敲门,即使她敲了,全世界也不会有个地方为此而开庭审判。我也尽量想让围着我们的那些人明白事情的原委,他们听着我说话,但不加评论。后来他们说,不但我妹妹,连我作为兄弟也将会被控告。

我微笑着点点头。我们大家回头望着那大院,就像人家注视着远处的浓烟,等待着看大火出现一样。而我们很快就真的看见一队骑兵进入敞开的院门。尘土飞扬,什么都被遮住了,只有长矛的尖端闪烁着。骑兵队伍好像是一进入院里就立刻转身往我们这边来了。我叫妹妹赶紧走,我会独自把事情澄清的。她不愿意把我一人留下。我说,那她至少也得换件衣服,在大人物面前该穿得比较得体些。她终于听了我的话,上路回家。回家的路很远,骑兵一下子就到了我们这儿。他们还未下马就问起我妹妹。她眼下不在这儿,过一会儿就来。人们胆怯不安地回着话。他们几乎是漠不关心地听着,看来重要的是找到了我。带头的有两位先生,一位年轻活泼的法官和他那个不言不语名叫阿斯曼的助手。他们要我走进那家农舍,我摇晃着头,拉拉裤子的吊带,在先生们严厉的目光下晃悠悠地走起来。我几乎还相信,只要一句话,我这城里人就能从这些乡下人群中被解救出来，甚或还能光彩地获得自由。但是，当我踏进房舍的门槛时，那位先我而入、已等待着我的法官说："我觉得这人真可怜。"毫无疑问，他所指的并非我目前的状况，而是行将发生在我身上的事。这房间看起来不像是农舍而更像是监牢，大石板地，光秃秃又黑乎乎的墙，有个铁环嵌在墙里，房间正中的木床像是手术台。

（我还有机会呼吸监牢以外的空气吗？这是个大问题。更确切地说，这可能是个大问题，如果我还有希望被释放的话。）

谢莹莹 译

**Franz Kafka**
Das erzählerische Werk

# Beim Bau der Chinesischen Mauer

【邻居】

我生意上的事全部由我独自负责。前厅有两位小姐管打字和会计工作，我的办公室里放有书桌，钱柜，咨询桌，小沙发，还有电话，这就是我全部的工作装备。一目了然，工作方便。我很年轻，生意做得很顺利。我没得埋怨，没得埋怨。

新年伊始，有一个年轻人一下子租下了隔壁那套小小的空房。那套房我一直犹豫着没有租下，着实太笨了。那也是一室一厅的一套房，不过还带有一间厨房。——房间和前厅我倒是有用——我那两位小姐有时候已感到太挤——但厨房对我有什么用呢？就因为这小小的顾虑，我眼看着本可租下的房子给别人租去了。如今，这个年轻人就坐在那里，他名叫哈拉斯。他到底在那里面做些什么我不知道。门上挂着"哈拉斯办公室"的牌子。我查探过，人家告诉我，那是一家公司，它做的生意和我做的类似。贷款给他不必过分担心，因为他毕竟是个力求上进的青年，他的事业或许是有前途的，然而，又不能轻易贷款给他，因为，从一切迹象看，他没有什么财产。当人们什么也不知道时，一般就给人家这样的信息。

有时在楼梯上我会与哈拉斯相遇。他肯定总是极为匆忙，在我面前简直就是急闪而过，我还从未好好看过他。他总是把办公室钥匙预先拿在手中，一刹那间就开了门，像老鼠尾巴似的溜了进去，而我又一次站在"哈拉斯办公室"这牌子前，而它实在不值得我看那么多次。

薄得可怜的墙出卖勤劳诚实的君子，却保护无耻的小人。我的电话正好安在连着邻居房间的墙上。我着重指出这一点，只不过因为它是特别具有讽刺性的事实。即使电话挂在对面那片墙上，隔壁的人也仍然什么都能听见。我已经不再在电话中提起顾客的姓名了。但是，从特征明显但又不可避免要说的用语中猜出姓名并不需要多大的本事。——有时候,我耳朵听着耳机,脚尖顶着电话,不安地跳来跳去,还是避免不了暴露秘密。

当然,因此我生意上的决策变得毫无把握,我的声音会发抖。我打电话的时候哈拉斯在做什么呢? 如果要夸大其词的话 —— 要弄清楚事情,你就必须这么做 —— 我可以这么说:哈拉斯不需要电话,他用我的电话,他把他的长沙发搬到靠墙的地方窃听着,而我则电话一响就得跑去接,接受顾客的要求,做出重要的决定,长篇大论地劝说,—— 最主要的是,我打电话时就在无意间通过房间的墙壁把消息都传给哈拉斯了。

或许他根本就不等到通话完毕,而是在得到足够信息后就起身,接着像他惯常那样飞奔到城里,到处乱窜,在我挂电话之前,说不定就已开始在我背后耍起阴谋了。

谢莹莹 译